宇航员佩尔克斯

Opowieści o pilocie Pirxie – Stanisław Lem

[波兰] 斯坦尼斯瓦夫·莱姆 —— 著
阿古 —— 译

译林出版社

图书在版编目（CIP）数据

宇航员佩尔克斯 /（波）斯坦尼斯瓦夫·莱姆著；阿古译. -- 南京：译林出版社，2025. 7. --（译林幻系列）. -- ISBN 978-7-5753-0673-7

I. I513.45

中国国家版本馆CIP数据核字第2025E4Z975号

著作权合同登记号 图字：10-2022-455号

宇航员佩尔克斯 ［波兰］斯坦尼斯瓦夫·莱姆／著 阿古／译

责任编辑 竺文治
装帧设计 @broussaille私制
校　　对 吴　峰
责任印制 闻媛媛

出版发行 译林出版社
地　　址 南京市湖南路1号A楼
邮　　箱 yilin@yilin.com
网　　址 www.yilin.com
市场热线 025-86633278
排　　版 南京展望文化发展有限公司
印　　刷 苏州市越洋印刷有限公司
开　　本 890毫米×1240毫米 1/32
印　　张 7
插　　页 2
版　　次 2025年7月第1版
印　　次 2025年7月第1次印刷
书　　号 ISBN 978-7-5753-0673-7
定　　价 49.00元

致华语读者

2021年波兰“斯坦尼斯瓦夫·莱姆年”
暨莱姆诞辰100周年

为什么会有莱姆这样的人呢？他是20世纪波兰最杰出的作家之一，甚至也可以说是最杰出的科幻小说家。他的文学才华和智慧，以及他戏剧般的人生，共同铸就了这位奇才。

1939年，第二次世界大战的爆发残酷地摧折了他的青春。有着犹太家庭背景的他，被迫隐姓埋名，改变身份，做起了焊工。1945年后，当发现家里已无以为继的时候，他正式踏上了写作的道路。在战后的1946年至1949年间，莱姆发表了他人生中的第一部作品。

斯坦尼斯瓦夫·莱姆曾在雅盖隆大学学习医学。尽管没有完成学业，但在与教授和同学的对话中，莱姆提出了最重要的问题，这些问题贯穿在他今后的作品当中：人与机器的边界在哪里？人可以“从原子中”构建出来吗？人工智能时代的道德标准究竟在哪里?

莱姆在上世纪六七十年代所做的各种预测和直觉判断已成为当代现实生活的一部分。然而，他的作品最发人深省的并非物质与技术层面的想象，而是道德层面上的深刻思考：人的创造力能够达到何种地步？机器权限的边界在哪里？在一个机器和人类共同存在的世界里，道德的标杆将会是怎样？这些都是我们在当今文明技术发展的同时要去寻找的答案。

莱姆怀着好奇和从容之心看待未来。作为一名卓越的未来学家，他能够猜想到在不久的将来，等待人类的是什么。这也是他的作品值得一再回味的原因。许多作品尽管写作于几十年前，但在今时今日依然能凸显出它们的时代前瞻性。

赛熙军

（Wojciech Zajączkowski）

波兰共和国驻华大使

2021年3月9日于北京

目录

测 验

“佩尔克斯学员！”

布尔彭的叫声把他从白日梦中唤醒。他正梦到一枚两克朗的银币，就藏在那件旧便裤的口袋里，压在储物柜最底下。一枚叮当作响、闪闪发光的银币——几乎已经被他遗忘。不久以前，他还敢赌咒，那里什么也没有，顶多有一张旧邮票根，但此刻，他越梦想越觉得那里可能真藏着一枚银币，当布尔彭喊醒他时，他已经完全确信了银币的存在。这枚银币是如此真实，在他裤袋里鼓起一个小包，摸起来是又圆又滑。他不由得琢磨起来：买几张电影票，还剩下半克朗；如果只看几部新闻短片，那就能剩下一个半克朗，他会把一克朗揣回兜里，半克朗玩老虎机。哦，要是老虎机突然发了疯，拼命往外咳出一大堆银币，他手忙脚乱地接住银币，胡乱往口袋里塞，可不断涌出的银币，叮叮当当掉一地，那可怎么办？怎么就不会呢，斯密伽不就碰到过这样的好事吗？当布尔彭一声喊把他唤醒时，佩尔克斯的身体已经被这笔“意外之财”压得微微摇晃了。

他双手交叉在背后，把重心放在那条没被压麻的腿上。导师问道：“佩尔克斯学员，要是巡逻时遭遇一艘外星飞船，你会怎么做？”

佩尔克斯张大了嘴，仿佛答案就堵在喉咙口，他要做的就是用力把它咳出来。问他遭遇外星飞船该怎么办，简直笑话，马路上随便拦个人来问，都会比他答得好。

“我会挪近点。”他回答说，声音出奇地低沉嘶哑。

全班都愣在当场，热切期盼他能来上几句搞笑的胡话。

“很好，”布尔彭的口吻流露出老父亲般的慈祥，“接下来你会怎么做？”

“我会停下飞船。”佩尔克斯脱口而出，他察觉自己正闯入一个远超他应付能力的陌生领域。他拼命绞动脑汁，想在《太空手册》中找个段落来敷衍过去，但他好像从没读到过类似的问题。他不好意思地垂下目光，正好瞥见斯密伽努动着嘴唇，正试图提示他。他一个接一个破译出斯密伽传递的单词，还没来得及完全消化，就大声重复了一遍。

“我会做一番自我介绍。”

教室里爆发出一阵狂笑。布尔彭忍了一会儿，然后也憋不住大笑起来，但笑完又装出一脸严肃。

“佩尔克斯学员，明天带着你的导航手册，向我报到。现在，伯尔斯特学员！”

佩尔克斯小心翼翼坐下，坐得毕恭毕敬，仿佛课桌是由未凝固的玻璃做成的。他甚至不生斯密伽的气——斯密伽平时就总爱开玩笑。伯尔斯特在说什么，他一个字也没听清；伯尔斯特开始绘制一个图形，而布尔彭玩起了他的老把戏——关掉电子计算机，让他自己手算。学校规定允许学员使用计算机，但布尔彭却有不同观点。他常说：“计算机其实也和人类一样。有时也会崩溃。”佩尔克斯不生布尔彭的气。事实上，他不生任何人的气，他几乎从来不动气。五分钟后，他已经站在迪尔霍夫街一家商店的橱窗前，他出神地注视着一把气手枪，这种手枪很适合发射空包弹或实弹，一套包括一支手枪和一百发子弹，售价六克朗。不用说，他又进入了神游状态。

下课铃响了，学员们开始走出教室，但并未像低年级学生那样兴奋地大喊大叫、你追我赶。要知道，先生，他们已经不是孩子了！班上有一半人正缓步走向自助餐厅，尽管此时还没到饭点，但餐厅还有其他吸引人之处——比如，一个新来的女服务员（据说她很迷人）。佩尔克斯悠闲地走过摆放着各式行星仪的那排玻璃柜，每走一步，在便裤口袋里找到一枚两克朗银币的希望就愈发渺茫。走到底楼时，他终于意识到，那枚银币完全是他想象出来的。

底楼大厅里，伯尔斯特、斯密伽和帕亚兹正在闲逛。有一个学期，他和帕亚兹是宇宙学课程的同桌，他星图上那么多墨点，都是拜帕亚兹所赐。

“你明天就要去试航了。”当佩尔克斯走过时，伯尔斯特突然说了一句。

“不用担心。”他无精打采地回了一声。他可不是好糊弄的傻瓜。

“不信？你自己来瞧。”伯尔斯特说着，用指关节敲了敲布告栏的玻璃罩。

他仍想继续往前走，可自己的脑袋却不由自主转过半圈，瞄向布告栏。名单上只有三个名字——而他的名字，排在最上面，像火炬一样刺眼：佩尔克斯学员。

有那么一秒钟，他的脑子一片空白。

这时，他隐隐听到一个模糊的声音，原来竟是他自己的话音。

“我说过了，不用担心。”

离开三人，他走入一条两旁全是花坛的走道。那一年，花坛里种了勿忘我，巧妙地排列成一艘正在降落的火箭飞船；几排现已褪色的毛茛，组成几缕喷射尾焰。但此刻，什么花坛、小径、勿忘我，甚至布尔彭，佩尔克斯根本没心思去注意。恰巧此时，布尔彭正匆忙地从侧门溜出学院，佩尔克斯差点和他撞了个满怀。他俩大眼瞪小眼地盯着对方的脸，佩尔克斯赶紧后退一步，敬了个礼。

“喔，是你，佩尔克斯！”布尔彭说，“你明天就要参加试航，对吧？祝你试航顺利！要是有幸……嗯……你也许会遭遇外星人。”

宿舍位于校园深处一排茂密的垂杨柳后面。宿舍楼俯瞰着一个池塘，楼两侧各有一排石柱走廊，高耸在池塘边。据说这些柱子是从月球运回来的，这当然是公然的胡说八道，但这并不能阻止一年级新生们带着一种崇敬之情，在柱子上刻上自己名字的首字母和入学日期。佩尔克斯的名字也在其中，从他孜孜不倦刻下自己大名那一天起，已经过去四年了。

一进房间，他就犹豫要不要去打开储物柜。房间太狭窄，只容得下一个住客。他很清楚自己那条旧裤子塞在哪个角落。一枚在白日梦中突然现身的银币，这显然违背自然规律——也许正因为违背自然规律，才让他不禁浮想联翩——尽管这条旧裤子他早就不穿了。他闭上眼，蹲下身，把手伸进柜门上那道裂隙，拍了拍那个口袋。果然——是空的。

他身穿未加压的宇航服，站在金属T台上，头顶笼罩着机库天花板。他一手拿着导航手册，一手拿着斯密伽借给他的小抄，胳膊肘撑在钢索栏杆上。整个学校所有学员，在测验时都夹带过这本小抄。小抄如何从太空原路返回，一直是一个谜。尤其是，在完成试航测验后，学员会立即从学院转移到北部大本营，在那里开始死记硬背，准备期末考试。然而事实是：小抄总能回到学员们中间。一些人声称小抄是打开降落伞，空降回来的。当然，这只是在开玩笑。

此刻，站在悬空于40米高处的金属T台上，纯粹为了消磨时间，他开始瞎琢磨起来，自己会不会被搜身——遗憾的是，搜身仍然是例行检查的一部分。试航测验时，学员们常常会偷带各种各样稀奇古怪的小玩意儿，包括学校极力禁止的各种玩意儿：瓶装威士忌、嚼烟、女朋友相片之类，当然，也包括小抄。佩尔克斯试过在十几个地方藏起小抄——塞进鞋子里、放在裤袜的裆间、藏在宇航服的内口袋里、夹在允许带上飞船的迷你星图集里……这次嘛，眼镜盒怎么样……他想，眼镜盒可以的，不过，首先，眼镜盒必须足够大，其次——他不戴眼镜。几秒钟后，他突然想到，要是戴近视眼镜，他就永远不会被宇航学院录取。

总之此刻，佩尔克斯正站在T形金属登船台上，等待校长在两位导师的陪同下出现。他们怎么还不来？他有点纳闷。发射时间定在19:40，而现在已经19:27了。他灵机一动，或许可以学小耶克斯的做法，把小抄粘在腋窝下。据说，当航行导师搜身时，耶克斯嘻声尖叫，连声说自己怕痒，侥幸逃脱了检查。但佩尔克斯头脑很清醒：自己如此敦厚，看上去并不像那种怕痒的人。反正他也没有胶带，于是，索性以一种最随意的姿态，把小抄握在右手中，不过他很快意识到，自己必须和那三个人握手，于是他换了个手，把小抄从右手挪到左手，把导航手册从左手移到右手。当他左颠右倒，忙着换手时，T台随着他的闹腾，像跳板一样微微摇晃起来。突然，他听到廊道另一头传来脚步声，但机库中一片漆黑，过了一会儿，才认出来人是谁。

这三人看起来都挺精神，初航测验也算是正式场合，他们都身穿全套制服，尤其校长的精神颇为抖擞。然而，即使没有充气，佩尔克斯这一身宇航服，看起来也如叠穿了20套橄榄球服般……优雅，更别提挂在脖子两侧的对讲机和无线电话终端了。呼吸软管在喉咙旁上下蹦弹；备用氧气瓶紧绑在背上，勒得他都有点喘不过气来。他身上还包着厚厚的吸汗内衣，浑身热得跟着了火似的，但最麻烦的是，这玩意儿还能吸收其他液体，让他不必起身小解。考虑到试航使用的是单级火箭，整个航程花费的时间不短，大解如何解决，仍然是一个疑问。

突然，有人从后面走了过来，整个登船台都随其脚步震颤起伏个不停。是伯尔斯特来了，穿着一模一样的宇航服，手戴一副巨大手套，粗手大脚地冲他做出僵硬的敬礼姿势，足足敬了好几秒，仿佛是在琢磨要不要把佩尔克斯撞下登船台。

等校长和导师们向前走开了几步，佩尔克斯有些困惑地问："你来这儿干什么？你的名字又不在试航名单上。"

"布兰登病了。我顶替了他的名额。"

佩尔克斯一时有点心慌。要知道，几乎在所有领域，伯尔斯特都优秀得那么自然而然，试航测验，也许是佩尔克斯唯一一次能略胜他一筹的机会。伯尔斯特是学员中最聪明的，这一点佩尔克斯倒是并不十分嫉恨。伯尔斯特的数学天赋也令人瞩目，他能熟练使用计算机解开各种数学难题，只在解四次方根时略显费劲。他的父母也足够富有，他大可不必去梦想，在某条旧便裤的口袋里，躲藏着一枚被遗忘的两克朗银币。他还是学院体操排行第一名、跳高高手、舞技高超的舞者，而且，不管喜不喜欢，他的确长得很英俊，简直非常英俊。而佩尔克斯基本和英俊不搭边。

他们沿着T台走了一段距离，穿过金属梁架搭成的护廊，经过停靠成一排的火箭。接着，机库顶部出现了一长排200米长的吊顶灯，强光笔直照射下来，把两人照得亮堂堂的。也照亮了两个圆锥形巨人。不知怎么的，这些火箭总让佩尔克斯联想到巨人。两艘火箭并排矗立在混凝土喷气偏流板上。第一级助推器部分的高度为48米，直径达11米。

舱盖开着，舷梯已架好，随时可以登船。舷梯半途，梯级上放着一个铅制支架，支架上插着一根棍子，棍子上张挂着一面小红旗。佩尔克斯知道仪式流程。校长问："飞行员，你准备好执行任务了吗？"学员回答："是的，先生，我准备好了。"接下来，将是他有生以来第一次，挪动那面小红旗。突然，他脑袋里浮现出不妙的预感：在登机仪式时，自己会在栏杆上绊一下，一头栽进火箭，丁零当啷直跌到舱底。要知道，诸如此类的事故在他身上时有发生。如果有可能出这样的事故，就一定会出在佩尔克斯身上。事实上，他有时忍不住暗忖，自己就是一个天生的失败者，但他的导师们有不同看法。对导师们来说，他只是个白痴，一个笨手笨脚的家伙，他永远无法在恰当的时机做出正确的反应。当然，他说话也不是很利索。在他的思想和行动之间，横亘着一道……嗯，即使不是深渊，至少也是一道障碍，一道让他永远都磕磕绊绊的障碍。佩尔克斯的导师们从未料想过——其他人也没设想过——尽管被误认为没头脑、没思想，他其实是一个梦想家。

他用眼角余光一瞥，注意到伯尔斯特已站到规定位置，离舷梯只有一步远，立正站定，双手自然下垂，贴在宇航服裤腿的橡胶气囊上。

穿在他身上，这套古怪宇航服仿佛量身定制，佩尔克斯暗想，而套在我身上，看着却像一串橄榄球。为什么伯尔斯特看起来身姿仍然挺拔，他自己却处处臃肿？也许这就是为什么他的行动如此不便，他的两只脚一直撇开着。他试图并拢双脚，可太空靴拒绝合作。为什么伯尔斯特站姿如此标准，自己却东倒西歪？但要不是伯尔斯特表率在前，他会完全忘记自己应该立正站立，背对火箭，面朝那三个穿制服的人。伯尔斯特率先登船。如此排序，也许出于偶然，也许不是，也许只因伯尔斯特的名字以“b”开头。但即使事出偶然，付出代价的也肯定是佩尔克斯。每次轮到佩尔克斯等待时，他总会紧张得汗流浃背，让他做什么都行，都比干等着要好。佩尔克斯的座右铭就是：越快越好。

校长对伯尔斯特说着例行公事的套话，伯尔斯特又回答得迅捷，佩尔克斯眨个眼的工夫，登船仪式就已结束了。立刻就轮到他了。就在校长开始对他说话时，佩尔克斯突然察觉一处异样，瞬间就走了神：参加试航的应该有三个学员。第三个学员在哪儿呢？幸运的是，他抓住了校长最后一句话，并在关键时刻脱口而出：“佩尔克斯学员，准备启航。”

“嗯……我明白了，”校长说，“你是在说，你在身体和精神上都状态良好……嗯……此次任务，在你的能力范围之内？”

这位校长就喜欢在例行问询时滥用此类花哨腔调，而作为校长，稍稍出格一点并无伤大雅。

佩尔克斯宣称自己状态很良好。

“那么，我在此指定，在航行期间，由你担任此飞船的飞行员。”校长重复着神圣程序，继续说道，“任务内容：垂直发射，半程助推；上升到B68轨道；修正到稳定轨道，轨道周期为4小时26分钟；与两艘JO型航天飞机会合；雷达可能接触区域：PAL卫星III区，可能偏离6角秒；建立无线电联络，以便进行机动协调；演习：航行到北纬60度24分，东经115度3分11秒，脱离稳定轨道；初始加速度：2.2 g，最终加速度：0；保持无线电联络，护送两艘JO飞船，以三编队形态，飞向月球，按照LUNA探路者卫星的指示，进入月球临时赤道轨道，见证两艘飞船进入月球轨道的全过程，然后根据自己的判断，调整航向，以一定的加速度，脱离轨道，回到PAL卫星雷达半径内的静止轨道，等待进一步指示。”

有传言说，传统小抄将被电子作弊器取代，一个樱桃核大小的微型大脑，能塞进耳朵，藏在舌下，可随时提供所需的任何信息。但佩尔克斯对此表示怀疑，他不无道理地推断道，真有这样的发明，就根本不需要培养什么宇航学员了。但目前还没有这样的奇妙发明，他别无选择，只能逐字逐句复述整个任务——他复述完一遍，只说错了一个数据，但却是个相当严重的错误：他把时间的分秒和经纬度的分秒搞混了。他焦急地等待着下一轮重试，在厚重宇航服下，他汗流浃背，吸汗内衣在背部已湿了一片。他被要求复述一遍，他照办了，但到目前为止，他口中说出的每一个字，都是说过就忘，没在他脑海里留下任何印象。此刻他唯一的想法就是：哇！他们真的是在拷问我！

他左手拿着小抄，右手递上导航手册。让学员们口头复述任务，只是一场故意的恶作剧，因为最终，学员们都会拿到一份配有各式基本图表的书面飞行计划书。校长拿出装着飞行计划书的信封，塞进手册封皮内侧的小插袋里，然后把导航手册还给了他。

“飞行员佩尔克斯，准备好发射了吗？”

“准备好了！”佩尔克斯回答。此时此刻，他只有一个愿望：赶紧进入控制室。他梦想着试航能尽快结束，尽快解开宇航服拉链，至少脱掉颈圈。

校长后退一步。

“登上火箭！”他大吼一声，声音洪亮如教堂巨钟，盖过了回荡在宽阔机库中的低沉嗡嗡声。

佩尔克斯猛然转过身，一把抓起小红旗，身子一歪撞在栏杆上，但他一欠身又恢复了平衡，像僵尸一样，摇摇晃晃走下狭窄舷梯。佩尔克斯还没走到半路，伯尔斯特就已钻进他的火箭飞船——从后面看他活像一个足球。

佩尔克斯蹒跚钻进舱门，靠在金属船壳上，往旁边挪了几步，坐进伸缩滑道，一下就滑进了气闸室，根本没碰扶梯。“死人才走扶梯。”这是布尔彭的一句名言。接下来，佩尔克斯要“扣紧”舱门。学院在训练机库里搭建有一个模拟气闸室，从火箭上拆下一扇货真价实的外舱门，安装在上面。每个学员都进行过上百次，甚至一千多次关舱训练。整个过程让人眼花缭乱：左曲柄转半圈，右曲柄转半圈，调整垫片位置，两个曲柄再转半圈，夹紧，打开密闭气压阀，打开内舱门，打开流星导流罩，从气闸进入内舱室，盖上压力阀，转紧第一个曲柄，转紧第二个曲柄，最后闩上横杆——大功告成！

他突然想到，自己还在忙着转动曲柄，伯尔斯特可能早已躺进他的玻璃圆泡里了。但他告诉自己，干吗那么着急呢？为了避免同时发射，每次发射间隔足有6分钟。即便如此，他还是急切想要进入控制台，接上无线电话——哪怕只是为了偷听发送给伯尔斯特的指令。他很想知道伯尔斯特的任务是什么。

一关上外舱门，船舱里的灯就自动亮了。关紧气闸室门后，他爬上一段用粗糙但柔软的材料铺设的小台阶，才抵达宇航座椅。

看在上帝的分上，他们为什么要把飞行员塞进一个直径三米的玻璃圆泡里，这些单人火箭难道还不够挤吗？佩尔克斯有点纳闷。虽然这圆泡是透明的，但材质并非普通玻璃，而是有机玻璃，这种材料的强度和弹性，与极其坚硬的橡胶大致相同。供飞行员落座的人体工学束缚座椅，位于控制室的正中央。由于舱室内部是个圆锥体，飞行员坐在他的“拔牙椅”（飞行员们的黑话）上，并在垂直轴上旋转，就能透过圆泡内壁，监控整个仪表板，包括所有刻度盘、仪表、屏幕（位于前部、后部和侧面的诸多屏幕）、计算机显示器、天文仪，以及最神圣的轨迹仪。轨迹仪上标定了一系列哈勒斯伯格投影中的固定参照恒星，其发光带能够在低光度凸面屏幕上跟踪飞行器的飞行轨迹。飞行员被要求记住哈勒斯伯格投影中的所有参照恒星，并且能从几乎任何角度读出数据——即使是倒立时。当飞行员坐成半仰卧姿势后，在他左右两侧，分别有两个反应堆和姿态操纵杆、三个紧急操纵杆、六个手动操纵杆、点火开关和空转开关，以及动力、推力和清洗控制杆。舱室地板上，摆放着一个庞大圆仓，内部分割成几个扇形隔仓，装有空调系统、氧气供应系统、消防舱、弹射器（在发生不可控连锁反应时使用），以及一个食品隔仓、一根环状软管，连接着几个保温水瓶和液态食物罐。在飞行员脚下，装有几个减速踏板，踏板上覆有软垫，底部与控制线相连。一个弃船踏板。踢开玻璃护罩，脚往前猛踩，弃船弹射装置就会被激活，把密封在玻璃圆泡里的宇航座椅和飞行员，以及一个圆帆减速伞，一并弹射出飞船外。

除了在紧急情况下救出飞行员这个主要功能，这个圆泡在设计时，还考虑到了其他八个因素。要是心情再放松一些，佩尔克斯可能会一一列举这些因素，但他和其他学员都认为，这些考虑没一个站得住脚。

一旦半躺进航空座椅，当佩尔克斯想要侧身，把宇航服上垂下的电缆、软管和电线连接到座椅之外的接口上时，就特别困难。当他前倾身体，宇航服的布料会往腰间扎堆，他根本无法坐起，差点把无线电电缆和加热电缆搞混。幸运的是，每条线缆的接口都是独一无二的，但发现自己差点插错，还是会惊出一身冷汗。压缩空气管一接通，只听咻的一声，宇航服立刻膨胀起来。他吁出一口气，向后靠定，双手上下摆弄着，开始系紧腿部和肩部的安全带。

右边安全带咔嗒一声就位，但左边安全带却不愿轻易就位。因为气球般臃肿的颈圈实在碍事，佩尔克斯很难转身，只能反手去摸索那个大挂钩。就在这时，耳机里传来一个低沉的声音："AMU-18，飞行员伯尔斯特！即将开始自动倒计时。注意，你准备好了吗？"

"AMU-18，飞行员伯尔斯特。已经准备就绪，随时可以启航！"学员铿锵有力地答道。

这该死的挂钩！终于，挂钩咔嚓一声就位。佩尔克斯全身一软，瘫回了柔软座椅上，累得就像刚完成了一次深空探测任务。

"二十三、二十二、二十一……"有条不紊的倒计时声从耳机中源源不断传来。

有一回，当倒计时到零时，两个学员同时发射了——本来一个排前面，另一个排后面。两枚火箭，相距不到200米，仿佛两支罗马蜡烛[1]，窜上云霄，只要偏几分之一角秒，就会在半空中相撞得粉身碎骨。至少导师们是这么说的。如果传言属实，从那次事故开始，就改由一名躲在玻璃圆泡室里的发射场指挥员，在倒计时到零的最后一刻，发出一个无线电指挥信号，来完成点火操作。如果真是如此，简直是在嘲弄这一整套倒计时程序。

"零！"一声大吼从耳机里传来。突然，一阵低沉而持久的轰鸣声传来，宇航座椅微微颤抖，点点微光穿透玻璃圆泡，射进佩尔克斯的眼睛里。他躺在宇航座椅上，盯着镶在天花板上的各式仪表板，检视各种读数：星象仪、空气冷却仪、主推进

1　一种传统的烟花。——本书注释均为译注

器、稳流和微调推进器、中子通量密度仪、同位素污染仪，外加其他十八个专门监测助推器性能的仪器。接着，震动开始减弱，头顶的轰鸣声逐渐远去，仿佛一场雷阵雨般，雷鸣声越来越远，散落成了簌簌雨声，最终变成死一般的寂静。

然后，一阵嘶嘶声和嗡嗡声，来得那么突然，他几乎没有时间惊慌。自动定序器激活了休眠的屏幕，之前这些屏幕的视频信号输入被远程控制断开，以保护各处的监视摄像镜头不被附近火箭发射时的高热核爆损毁。

这些自动控制装置真是太精巧了，佩尔克斯心想。他的思绪还飘在几英里以外，但此刻，他圆形头盔下的头发突然根根倒竖了起来。

他的脑海中突然闪过一个念头：天啊，下一个是我，马上轮到我了！

他立刻着手检查发射控制装置，手指按正确顺序依次摸过每个装置，口中念念有词："一、二、三……第四个在哪里？是这个……现在是计量器……然后是踏板……不，不是踏板，是手柄……先是红色手柄，然后是绿色手柄……现在是自动定序器……对吧……或者是反过来，先是绿色手柄，然后才是红色手柄……？"

"AMU–27，飞行员佩尔克斯！"耳边传来一个洪亮声音，把他从困境中惊醒。"即将开始自动倒计时。注意，你准备好了吗，飞行员？"

他真想大吼一声"还没准备好！"但脱口而出的却是："AMU–27，飞行员伯尔……飞行员佩尔克斯，准备——呃——准备好了，随时可以启航。"

他几乎就要说出“飞行员伯尔斯特”，因为他对伯尔斯特的答话还记忆犹新。“你可真是疯了。”在随后的寂静中他暗自咒骂了一句。自动倒计时开始咆哮——为什么这些录制的声音听起来像是个低阶士官？——“十六、十五、十四……”

佩尔克斯背上突然渗出冷汗。他感到自己正在忘记一件事，一件极其重要的事，一件生死攸关的事。

“六、五、四……”

他汗湿的手指紧攥住把手。幸运的是，把手表面很粗糙。他的脑子里闪过一个念头：每个学员都会出这么多汗吗？他有点纳闷。也许吧——突然耳机里响起一声咆哮：“零！！！”

他的左手本能地向后一拉，把控制杆扳到了半程。一声可怕的爆炸，一种橡胶般的弹性压力瞬间压上了他的胸腔和头颅。推进器开始发力了！这是他视线开始模糊之前的最后想法。但这恍惚只持续了几秒钟。渐渐地，他的视力开始恢复，尽管那股无情压力已扩散到身体其他部位。没过多久，他就能看清所有屏幕，至少正前方三个屏幕够清楚。此刻，三个屏幕正被一股奶白的洪流淹没，仿佛飞船起飞时撞翻了一百万个牛奶罐。

我一定正在穿过一片云层，他想。他的思维虽然有点迟钝，但精神完全放松了。随着时间一分一秒流逝，他越来越觉得自己仿佛是在旁观一出怪奇喜剧。他仰面平躺在“牙医椅”上，四肢麻痹，举目不见一片云朵，淡蓝色天空澄澈得像块布景板……嘿，那边，那些亮点是星星吗？

的确是星星。与此同时，镶嵌在天花板上和墙上的无数仪表，正在有条不紊地运作，每一个都有自己的机制，每一个都有不同的功能。而他的职责是监视每一台仪表——只用自己的两只眼睛！耳机里突然传来一阵哔哔声，他的左手——再一次出于本能——立刻按下了助推器分离按钮，全身的压迫感马上减轻了。在脱离指定发射路径的那一瞬间，飞船的巡航速度是每秒7.1千米，高度是201千米，加速度是1.9 g。现在他可以稍微休息一会儿，但过不多久，又将忙得不可开交。

他按下扶手，把椅背抬起一点，刚让自己坐得舒服一点，突然全身一震。

“小抄！小抄去哪儿了！”

进仓和发射时的忙乱，他竟然把小抄完全抛到了脑后。他双眼扫视着舱室，视线快速掠过那一堆堆指针乱颤的仪表。小抄飘到了宇航座椅下面。他想要侧身弯腰去捡，却被安全带束缚住了手脚；此刻，他就像站在快要倒塌的塔顶上一样，一秒也没有犹豫，立刻从裤腿口袋里抽出导航手册，打开封面，抽出信封，从信封里拽出飞行计划书。他脑袋突然一阵恍惚。B68轨道到底是哪里？一定在那儿！他检查了一下飞行轨迹，让火箭向旁边翻滚了一下。令他惊讶的是，这招居然奏效了。

他发现自己正处在一条椭圆轨道上，计算机慷慨地输送出修正数据；他做出相应操作，冲出轨道，突然刹车，有10秒钟之久，飞船加速度下降到-3 g，负重力对他几乎没有影响，因为他具有超群的身体耐力（布尔彭曾对他说过：“要是你的脑筋有你的肱二头肌一半健壮，你铁定能成为一个了不起的人物。”）在修正数据的引导下，他进入了一个稳定轨道，再次向计算机输入实时数据，可唯一的输出却是一系列振荡驻波。他又喊了一遍数字，猛然领悟自己忘了转换。重新报出机器能理解的数据格式，阴极射线管显示器上立刻显示出一条闪烁的垂直线，各个屏幕上也闪烁出一系列垂直线。“我进入预定轨道了！”他高兴地尖叫道。但计算机显示轨道周期是4小时29分钟，而不是预计的4小时26分钟。这是一个可容忍偏差吗？他思索着，拼命搜刮着自己的记忆。他正准备解开安全带，去摸寻座椅下面的小抄。他暗想，要是连小抄上也没有解答，那可就太棒了。这时，卡尔教授的一句话突然窜进他的脑海："所有轨道在设定时，都允许有0.3%的内置误差范围。”但安全起见，他还是把数据输入计算机，发现自己正巧落在误差范围之内。“好吧，就这样了。”他吁出一口气，第一次开始打量周围环境。

反正被绑在宇航座椅上动弹不得，除了失重感，失重本身对他并没有什么影响。前屏上布满星星，底部有一条明亮的白边。侧屏上什么也没有，是一片繁星点点的黑色虚空。但在舰桥屏——啊！地球现在是如此庞大，占据了整个屏幕。他所处的椭圆形轨道，近地点为700千米，远地点为2 400千米，让他能尽情欣赏地球全貌。嘿，下方不就是格陵兰岛吗？还没等看清楚，他已经掠过了加拿大北部。北极覆盖着彩虹色积雪，海洋显得圆润而光滑，呈现深紫罗兰色，如铸铁般凝重。奇怪的是，云少得可怜，只有极少数云团，仿佛点点稀薄的水雾，泼洒在地球的上万米高空。

他看了一眼时钟。他已经在太空中待了整整17分钟。

是时候接收PAL卫星的无线电信号了，在穿过卫星的接触区域时，他得时刻关注雷达屏幕。那两艘飞船叫什么型号来着？ RO？不——是JO。让我瞧瞧，他们的编号是……他低头看了看飞行计划书，然后把它和导航手册一起塞回口袋，打开了胸前的对讲机。一开机只有一阵啸叫和滋啦声——宇宙微波干扰。PAL卫星使用的是什么系统？哦，对了，是莫尔斯编码。他仔细聆听着，双眼紧盯屏幕，看着地球在下方缓缓旋转，星星从身旁飞掠而过——但并没有PAL卫星的踪迹。然后他听到了一个嗡嗡声。

是卫星的声音吗？他有点纳闷，但马上就抛开了这个念头。你疯了。卫星才不会嗡嗡叫唤。但除了卫星，还能是什么呢？没什么，什么也不是。或者是别的原因导致的噪音？一个严重故障？

奇怪的是，他一点也不惊慌。此刻引擎已关闭，飞船正在做惯性巡航，怎么会出什么严重故障呢？也许这艘旧火箭正在解体。或者可能是电线短路？天哪，短路！《防火规范》第3条a款："万一在轨道上发生火灾"这个段落……噢，去他妈的防火规范！嗡嗡声如此之大，盖过了远处信号的哔哔声。

听起来像一只被困在罐子里的苍蝇，他有点困惑地琢磨着，目光开始在各种仪表盘上搜寻。

终于，他发现了它。

那是一只巨大的苍蝇，一个丑陋的、黑绿相间的、专门用来让人遭罪的玩意儿——一只缠人、讨厌、愚蠢，但又精明、狡猾的苍蝇。它奇迹般地——要不然呢？——躲进了飞船控制室，此刻正在玻璃圆泡外面的舱室里快速飞行，偶尔撞在发着微光的仪表盘上，会被弹射回来，活像一颗嗡嗡作响的子弹。

每当它飞过计算机时，耳机里就会传来一架四引擎螺旋桨飞机俯冲时的隆隆声。只因在计算机外框上部，安装了一个备用麦克风。当舱内通话器被切断，又没有喉部送话器时，这个备用麦克风可以让飞行员控制宇航座椅内的微计算机。这是飞船上众多备用系统中的一个。

他开始对着麦克风大声咒骂，担心静电干扰会让他错漏PAL卫星的信号。通过备用麦克风输送噪音已经够糟糕了，但很快，苍蝇又在其他地方转悠起来。佩尔克斯像被催眠了一般，视线紧随着苍蝇，盯了好一会儿，他终于受够了，低声咒骂了一句。

可惜他手边没有DDT杀虫剂喷枪。

“别吵了！”

滋滋滋滋滋……他吓了一跳。那只苍蝇又在计算机上爬来爬去，就在麦克风附近转悠个不停。然后噪音消失了，死一般的寂静，苍蝇停下来整理起了翅膀。你这讨厌的混蛋！

这时，他的耳机里传来一阵微弱而稳定的哔哔声：嘀嘀嘀-嗒-嘀嘀-嗒嗒-嘀嘀嘀-嗒。是PAL卫星发来的莫尔斯信号。

“好了，佩尔克斯，现在睁大眼睛！”他对自己说。他把座椅稍稍抬高一点，以便同时看到三个屏幕，检查了一下雷达屏幕上扫过的绿色磷光束，耐心等待着。虽然雷达屏幕上空无一物，但他清楚地听到一个声音在叫：

“A-7地月飞船，A-7地月飞船，III区，航向113，PAL探路者卫星呼叫。请报告你的位置。呼叫结束。”

“见鬼！这么吵，我哪里还能听到那两艘JO飞船的声音。”

耳机里的嗡嗡声突然停止了。一秒钟后，一个阴影从上方落在他脸上，就像一只蝙蝠落在一盏吊灯上。是那只苍蝇，它正爬过圆泡表面，窥视着圆泡内部。现在，雷达上的光点出现得更频繁了，没过多久，他就看见了那个80米长的铝制圆筒，顶端装着一个球形探查室，在约400多米的超近距离上，从他头顶掠过，渐渐超越了他。

“PAL探路者卫星，呼叫A–7地月飞船，180.14，106.6。航线线性偏差正在增加。呼叫结束。”

“信天翁4号火地飞船，呼叫PAL控制中心，PAL控制中心。我正前来，请求加注燃料，第二区。我正前来，请求加注燃料，第二区。备用燃料即将用尽。呼叫结束。”

“A–7地月飞船，呼叫PAL探路者卫星……”

其余的话，都被淹没在嗡嗡声中。然后呼叫结束了。

“PAL控制中心呼叫信天翁4号火地飞船，如需加注燃料，请前往欧米茄中心第7象限，请前往第7象限。呼叫结束。”

他们居然选这么个热闹地点让我们汇合。佩尔克斯暗自抱怨，此刻，他的全身正捂在被汗水浸湿的内衣里。这么吵，我根本听不清信号。

那只苍蝇在计算机控制台上疯狂转着圈，仿佛一心要追上自己的影子。

“信天翁4号火地飞船，呼叫PAL控制中心，接近第7象限。请求无线电信号指引。呼叫结束。”

无线电静电噪声越来越微弱，最后被嗡嗡声淹没了。但在此之前，佩尔克斯捕捉到了以下信息：

“JO地月飞船一号和二号，呼叫AMU–27，呼叫AMU–27。呼叫结束。”

他这是在呼叫谁？佩尔克斯努力回想了一下，惊得差点从座椅里蹦出来。

“AMU——”他一开口，被自己的嘶哑声吓了一跳。他的耳机里嗡嗡作响。那只可恶的苍蝇。他闭上眼睛。

“AMU–27呼叫JO地月飞船一号和二号，第4象限，PAL区，正在打开导航灯。呼叫结束。”

他打开了导航灯，两侧各一盏红灯，船头两盏绿灯，船尾一盏蓝灯，然后耐心等待着。好一会儿，只听到苍蝇的嗡嗡声。

“JO地月飞船一号和二号，呼叫……”滋滋滋，嗡嗡嗡……

他这是在呼叫我吗？佩尔克斯绝望地思索着。

“AMU–27呼叫JO地月飞船一号和二号，第4象限，PAL区周边，所有导航灯已点亮。呼叫结束。”

两艘JO飞船同时应答，佩尔克斯打开了序列选择器，但干扰太大了。当然是那只嗡嗡作响的苍蝇在作祟。“我上吊自杀得了！”但他可能没想到，此刻正处于失重状态，此种应急补救办法是不可能奏效的。

就在这时，他在雷达屏幕上看到了两艘飞船。它们沿着平行航线，跟在他后面，彼此间距不超过9千米，这是禁止的；作为领航船，他有责任敦促它们遵守规定，保持19千米间距。正当他查看雷达上光点的位置时，他的苍蝇老友落在了其中一个光点上。一怒之下，他把导航手册连同飞行计划书全都扔了出去，手册撞上了圆泡玻璃墙，没有滑落底部，而是向上翻飞，在圆泡顶部弹开，由于重力为零，手册开始漫无目的地乱撞乱飞。那只苍蝇似乎泰然自若，欢快地在屏幕上漫步。

“AMU–27呼叫JO地月飞船一号和二号。我在你们的呼叫范围内。你们靠得太近了。航线修正0.01，切换到平行航线。完成机动后待命。呼叫结束。”

光点间的距离开始渐渐变大，苍蝇绕着计算机麦克风迈了一段嘈杂的小碎步，所有无线电交流都被干扰得滋滋啦啦。佩尔克斯手头已没有东西可扔。导航手册此刻正在头顶盘旋，轻快地拍打着书页。

“PAL控制中心呼叫AMU–27地月飞船。离开外象限，离开外象限，PAL卫星正转入跨日航线。呼叫结束。”

这家伙简直是在找茬！佩尔克斯心头腾起一股无名怒火。你要转入跨日航线，关我屁事？谁都知道，编队飞行的多艘宇宙飞船，有通行优先权。他开始大喊大叫，发泄着对苍蝇的满腔怒火。

“AMU–27地月飞船呼叫PAL控制中心。拒绝执行，我不会离开外象限，跨日航线什么的给我见鬼去吧，我们是三舰编队，正在作三角飞行。AMU–27，JO一号和二号，领航船为AMU–27地月飞船。呼叫结束。”

话音刚落，他就懊悔了：我其实没必要加那句“跨日航线什么的给我见鬼去吧”。校长肯定会扣掉我好几分。得了，校长什么的，也统统给我见鬼去吧！我很可能会因为一只苍蝇被开除。

也只有他才会遇到这种稀奇事。一只苍蝇把你惹成这样！哇，可真是了不得！他暗想，斯密伽和伯尔斯特要是碰到这只遭瘟的疯苍蝇，也准会气得发疯。他发现，这是升空以来，自己第一次想起伯尔斯特的存在。但现在他一刻也不能浪费，因为PAL卫星已经离他们越来越远。他们已经编队飞行了足足五分钟。

“AMU-27呼叫JO地月飞船一号和二号。现在是20 : 07。在20 : 10开始插入抛物线地月轨道。航线111……”他拼命蹬腿伸胳膊，从上方抓回了漂浮的飞行计划表，从中读出了航线数据。两艘JO飞船用无线电答复了他。PAL卫星已消失在视线之外，但仍能隐约听到它发出的信号。或许这只是苍蝇的嗡嗡声？

苍蝇的数量似乎增加了，嗡嗡声同时从两个不同方向传来。佩尔克斯揉了揉眼睛。不出他所料：苍蝇果然有两只，而不是一只。第二只苍蝇是从哪里冒出来的？！

现在我真的要完蛋了，他非常平静地想，心中倒也并不慌乱。不知怎的，他甚至暗地松了一口气，已经无关紧要了，不管怎样，他反正躲不掉被开除的霉运了。他瞥了一眼时钟：20 : 10，哎呀，这正是他自己定下的开始机动的时刻——但他的双手还没摸到控制杆！

每天的繁重训练一定把他狠狠打磨过，只见他毫不犹豫抓住两个控制杆，先扳动左控制杆，再扳动右控制杆，双眼紧盯着轨迹仪。引擎猛地发出隆隆轰鸣声，并逐渐减弱成轻嘶。哎哟！有什么东西落在他额头上，正好遮住了头盔目镜，一动不动贴在上面。是导航手册！导航手册挡住了他的视线，但他双手必须握着控制杆，没办法伸手把书掸开。两只苍蝇又开始在计算机旁追逐它们的爱情，他的耳机里嗡嗡嗡个不停。要是有把枪就好了，他暗想。感觉随着加速度增加，导航手册开始挤压他的鼻子。在绝望中，他开始像疯子一样摇头晃脑，大声叫喊："我必须看到轨迹仪！"突然，导航手册砰的一声摔在地板上——这真是一个小小的奇迹：以现在的加速度，原本4克重的书，一定重达将近3千克。为了达到轨道机动所需的速度，他立刻开始减速，当加速度降到2 g时，他把推进杆挂定。他瞥了一眼正在交配的苍蝇。它们丝毫未受减速干扰，相反，它们看起来仿佛正身处天堂的第七层。嗯，还有83分钟。他看了看雷达：两艘JO飞船正跟在他后面，距离70千米。他想，我一定是在加速度冲到4 g时，窜到前面去了。好吧，问题不大。

从现在到加速飞行结束，他还有一点空闲可以打发。2 g可以忍受，尽管他的总体重会达到142千克。有好几次，他在加速度高达4 g的离心机里待了足足半小时！

但那可不轻松，他的胳膊和腿脚像铸铁一样沉重，脑袋完全被一道眩目的光定住了……

他确认了两艘船的位置，又想起了伯尔斯特，心想他看起来真像个电影明星。那家伙的下巴可真方正！还有那笔挺的鼻梁，那双冷峻的灰眼睛……他根本不需要什么小抄，就能轻松过关！但仔细想想，到目前为止，他也没有……他的耳机里又恢复了寂静。两只苍蝇在圆泡表面爬过，黑影掠过他的脸，这还是他第一次感到畏缩——只见小小的黑爪，被放大成了奇形怪状的巨大吸盘，毛茸茸的身体在强光下发出闪闪金光……

"冲刺者-8火地飞船，呼叫地月飞船三角编队，象限16，航向116。11分32秒后，我和你们的航线会发生重合。建议你改变航向。呼叫结束。"

我可真走运！佩尔克斯无声咕哝了一句。总有些自以为是的家伙想捣乱……他没瞧见我正在编队飞行吗？

“这里是地月飞船三角编队，领航船AMU–27，呼叫冲刺者–8火地飞船。不行，我正在编队飞行，要进行偏离机动的应该是你。呼叫结束。”

他一边发送信号，一边试图在雷达上找到那个不受欢迎的入侵者。就在那儿，距离他不到1 500米！

“冲刺者–8，呼叫地月飞船AMU–27，我船发生重力仪系统故障，请你立即开始偏离机动，交汇点4408，月球4象限周边区域。呼叫结束。”

“AMU–27呼叫冲刺者–8火地飞船，呼叫JO一号和二号地月飞船。偏离机动将于20 : 39开始。JO一号和二号，请跟随领航船，在同一时间开始偏航机动，向北微偏，朝向月球区域10.6。本船正在启动辅助推进器。呼叫结束。”

他同时启动了两个位于飞船尾部的偏航喷流推进器。两艘JO飞船立即跟着机动，三艘船都偏离了航线。视频屏幕上群星滑动成了一条条直线。冲刺者向他道谢后，径直朝月球飞去，佩尔克斯满怀自信地祝他着陆愉快——眼见另一艘飞船遇险，他总得表现出一点风度。他沿着直线又航行了大约1 000千米，然后开始引导两艘JO飞船转回到原先航线，这说起来容易做起来难：偏离航线，小菜一碟，而把航线转回原先那根抛物线，简直像海底捞针。佩尔克斯发现这操作几乎不可能完成，因为加速度一直在变化，计算机处理速度又太快，快到他无法看清屏幕上显示的坐标。而苍蝇们，不是在计算机上爬来爬去，就是碍在雷达屏幕上。它们的劲头怎么这么足？他有点纳闷。足足过了20分钟，他们才回到原先航线。

他暗想，伯尔斯特这一路肯定畅通无阻。遭遇麻烦？他？绝无可能，他可是伯尔斯特。

83分钟后，他按照指示，调节自动止推器，把加速度降到零。然后，他瞥到了某种异样，不禁一愣，裹住他全身的吸满冷汗的内衣，突然变得更加冰凉了。

仪表盘上方的一块白色面板开始松动。不仅松了，它还开始向下掉，一毫米一毫米地缓缓往下垂。他推测，这个保险丝面板一开始就有点松垮，刚才偏航操作时，佩尔克斯操纵飞船的动作可绝对称不上轻柔，种种震动使得压力夹更加松动了。在1.7 g加速度下，面板就像被一条看不见的线拉着，慢条斯理地往下掉落着。最后，面板完全松了，从玻璃墙外侧滑下来，落在甲板上，一动不动仰躺着，安装孔里露出四根闪闪发光的高压铜线和多根保险丝。

为什么这么恐慌？他反问自己。一个电气面板松了而已，这有什么大不了的。少了一个电气面板，飞船不照样能开吗？

尽管如此，他还是忍不住有些紧张——这种事本不应该发生，既然保险丝面板会松动，船尾有什么理由不断裂呢？

还有27分钟的加速飞行时间，他突然意识到，一旦关闭引擎，面板就会失重。面板如果飘起来，会造成什么损害吗？他忍不住思索起来。损害并不大。面板太轻了，连玻璃都撞不破。不，不可能……苍蝇们在干吗？他盯着它们，看着它们在圆泡外面盘旋、吵闹、追逐，最后落进保险丝面板背后的那个安装孔里。至此，苍蝇们的踪迹从他眼前消失了。

他在雷达上瞄了一眼那两艘JO飞船：它们的航线没有异动。此刻，月亮的脸庞在屏幕上显得那么庞大，几乎占据了前屏的一半。他回忆起在第谷环形山[1]进行一系列月面演习时，伯尔斯特在便携式经纬仪的帮助下……该死，那家伙真是太专业了！佩尔克斯密切注视着坐落于阿基米德环形山[2]外坡上的月球基地。基地在岩石中伪装得非常好，从高空几乎看不见，泄露踪迹的只有那条光滑平整的降落跑道，和夜间开启的那两行接近灯。当然，现在是白天。当环形山的光影分界线正好落在基地上时，眩目的月面反射光，会完全吞没较弱的接近灯的光点。

月亮如此荒凉，仿佛从未有人类踏足过。一道道长长的影子，从月球阿尔卑斯山[3]一直延伸到雨海[4]。他想起自己第一次上基地时——那时他只是乘客——布尔彭问他，从月球上是否能看到七等星[5]，尽管愚钝如他，还是以最大热情解答这个问题，磕磕巴巴胡诌了一堆。他彻底忘记了，因为月球表面反射太阳光，所以在白天，从月球上看不见任何星星。过了很久，布尔彭才不再拿那些七等星来嘲笑他。

月亮的白亮圆盘继续膨胀，逐渐挤占了屏幕上剩余的黑色部分。

“真有意思，我已经好一会儿没听到嗡嗡声了。”他朝旁边

---

1 月球正面南半部的一座大撞击坑，以16世纪丹麦天文学家第谷·布拉赫之名命名。

2 月球正面位于雨海东侧边缘的一座大撞击坑，以古希腊数学家阿基米德之名命名。

3 月球正面北部的一座山脉。

4 月球上仅次于风暴洋的第二大月海。月海是月球表面由于行星碰撞形成的巨大玄武岩平原，其之所以被称为“海”，是因为古代天文学家误认为其是水体。

5 星等为7的星体。星等是描述星体在天体中相对亮度的天文学术语，星等越大，星体越暗。

瞥了一眼，心中一惊。

在裸露的安装孔内侧，两只苍蝇正蹲坐在一根电缆上。那是一根包裹着绝缘外皮的高压电缆，固定在电缆末端的铜端子正闪闪发光。一只苍蝇蹲在绝缘外皮上，摩擦着翅膀，另一只苍蝇蹲在铜端子上，正忙着向它求爱。四根电缆末端的铜端子都未做进一步绝缘防护，电缆直径大约和铅笔一样粗，带着1 000伏高压电，铜端子之间的接触间隙为7毫米。他也是机缘巧合，才记住了接触间隙为7毫米。有一次，作为练习，他们拆解了整艘飞船的电路系统。导师提问时，佩尔克斯说不出确切的接触间隙，就被狠狠申斥了一番。

这时，那只苍蝇停止了求爱，开始冒险沿着铜端子，向前爬去。这也无妨——除非它突然萌生了跳到另一个铜端子的冲动，要知道，既然敢坐在铜端子末端哼唱情歌，估计没有什么出格事儿是它不敢干的。仿佛偌大一个船舱还不够宽敞似的！现在，佩尔克斯想，如果它把前腿搭在一个铜端子上，把后脚搁在另一个铜端子上，会发生什么？好吧，那又能怎样。最坏的可能，苍蝇会引起短路。但是，就凭一只苍蝇？！这么小的苍蝇，真的能办到吗？但即使短路，也不会出什么大事；噼啪一声燃爆，断路器切断电流，苍蝇被电死，电力瞬间恢复——永别了，苍蝇！他出神地盯着那个安装孔，心里暗暗希望苍蝇能悬崖勒马。短路并非严重问题，只是小故障，但谁知道短路会造成什么损坏……

他只需再熬过8分钟，就能完成逐级减速操作，在月球上着陆。他眼睛依旧紧盯着安装孔，突然亮光一闪，船舱里的灯全灭了。只是暂时停电，持续时间不超过几百毫秒。一定是苍蝇在捣鬼！他想了想，屏住呼吸，等待断路器重新接通电路。通了。

在保险丝第二次烧断之前，灯还亮了一会儿，原本白亮的灯光，昏暗成了橘黄色。紧接着，整个飞船的电又断了。瞬间之后，电力又恢复了。又断了，又通了。就这样，断断通通，不断闪烁，灯的亮度只有正常的一半。哪里出故障了？借着闪烁的暗淡灯光，他眯着眼睛，使劲瞅了好一会儿，找出了问题源头：苍蝇被困在两个端子之间，烧焦的尸体薄片继续充当着导体。

佩尔克斯一点也不惊慌。的确，他的神经有点紧张，但是，自从发射倒计时以来，他什么时候又完全放松过呢？时钟几乎看不清。幸好，仪表板和雷达都有独立照明系统。但为了防止备用电路被触发，这些独立照明系统只被分配了一点点电压，并不足以点亮机舱。

离引擎熄火只剩4分钟。至少，他不用担心引擎，自动止推器经过程序设定，可以自动关闭引擎。突然，一股冰冷寒意顺着脊背直泻下来。既然主电路已经短路，自动熄火开关怎么可能继续起作用？

有那么一秒钟，他疑惑起来，自动熄火开关到底包不包含在主电路之中？正在发生短路的保险丝，到底是不是整个火箭电源系统的主保险丝？当然是——肯定是。但反应堆呢？反应堆肯定有自己独立的电力网络……

反应堆有，但自动熄火开关没有。他知道得很清楚，因为就是他自己设置的。好吧，现在他只需要关掉电源。或者他应该坐下来，等待整个电力系统自行恢复正常。

工程师们什么都考虑过了——唯一没考虑到的是，居然会有一只苍蝇飞进机舱，趁着保险丝面板松开，在两根高压电缆之间造成一场时断时续，不断震荡的短路！

与此同时，灯光一直闪烁个不停。总得做点什么吧。但做什么呢？

很简单。他所要做的，就是断开总开关。总开关就安装在座椅后面的地板上。这样就能切断所有主电源，触发应急系统，然后他所有烦恼就都结束了。嗯，他想，电路系统的布局还真不错，保险丝放前面，总开关放后面。

他忍不住想，伯尔斯特是否也能像他这样行动迅速。也许，但他得赶紧……哎呀，只剩2分钟！时间不够了！他把所有其他人都抛到脑后，猛地坐起身。

他闭上眼睛，整理了一下思路。

“领航船AMU–27，呼叫JO一号和二号。控制室短路。我有必要推迟机动，转入临时月球赤道轨道的机动将被——呃——无限期推迟。你们可在预定时间执行机动。呼叫结束。”

“JO一号和二号，呼叫领航船AMU–27。将开始转入临时月球赤道轨道，执行登月机动。离登月还有19分钟。祝你好运。祝你好运。呼叫结束。”

佩尔克斯几乎连一个字都没听到，因为他已经把无线电通话电缆、空气软管和另一根小电缆都断开了——安全带也已经解开了。他刚站起身，自动熄火开关就发出一点明亮的红光。船舱内短暂摆脱黑暗，接着又落回一片橙黄的朦胧光线之中。自动熄火开关失灵了。黑暗中，红色信号灯一直闪烁不停，仿佛是在恳求。蜂鸣器响了，是警报。自动止推器失灵了。佩尔克斯努力保持着平衡，跳到了宇航座椅后面。

总开关被安装在地板上的一个暗盒里。暗盒是锁着的。当然是锁着的！他猛拉了一下盖子；纹丝不动。钥匙。钥匙在哪里？

他没看到有钥匙。他用力拽了拽盒盖。纹丝不动。

他跳起身，直愣愣地盯着前方的屏幕，屏幕上出现了一个巨大月亮，表面不再是银色，而是雪山般雪白。一座座环形山的轮廓清晰可辨，山脊投下的锯齿状拖长阴影，正在月球表面悄悄延伸。雷达测高仪发出稳定的嘀嗒声。测高仪居然一直在正常运行？他感到有点奇怪。绿色小数字在黑暗中闪烁，他读出了目前高度：21 000千米。

断路器不停开关，灯光一直不停闪烁。可此时，当灯光熄灭时，船舱内已不再漆黑一片；现在，整个船舱浸润在一种苍白的明亮月光里，而船舱内不时闪起的令人昏昏欲睡的橙黄朦胧光线，把这月光反衬得异常惨白。

飞船现在正沿着一条完美直线飞行，随着剩余加速度达到0.2 g，并且月球引力不断增加，飞船速度越来越快。

怎么办？怎么办？！他冲回暗盒旁，抬脚猛踹。金属盒盖不为所动。

等等！天哪，我怎么这么笨！只要能想办法走出圆泡，我就能收拾掉这个烂摊子。有一个办法！在出口处，圆泡直径缩小，形成了一个漏斗状狭窄通道，与气闸相连，那里装有一个涂成珐琅亮红色的特殊紧急杠杆，杠杆底盘上写着一行字：仅限控制系统发生紧急故障时启用。只需拉一下紧急杠杆，玻璃圆泡就会升高一米，他一弯腰，就能钻出去。一旦出了圆泡，他只需清理线路，用一块绝缘材料……

他很快就厘清了思路。

你刚才的表现可真白痴！他暗想，然后抓住紧急杠杆的金属把手，猛地一拉，直拉得肩关节骨骼咔嗒一声响。金属把手油光闪闪，保养得非常好，可紧急杠杆已经被他拉到底，圆泡却一动也没动。他呆立着，茫然注视着玻璃圆泡，注视着月光惨白的视频屏幕，注视着头顶上闪烁的朦胧灯光……他不管三七二十一，又猛拉了一下把手。圆泡纹丝不动。

钥匙！得找到暗盒钥匙！他趴在地板上，伸手在座椅下面搜寻。除了小抄，什么也没有。

灯光闪烁着，断路器接通了。现在，当橙黄朦胧光线变暗时，刺目月光把船舱里的一切，都染上了一层阴森森的凄厉白光。

一切都结束了，他想。他应该踩下弹射踏板，坐在密封座椅里，降落月球吗？不，这行不通，月球没有大气摩擦阻力，降落伞无法减缓速度。他想大喊一声“救命！”，但没有人会来救他，他正孤身一人。怎么办？！一定有出路的！

他爬回紧急杠杆旁，又猛拉了几下，差点把胳膊拉得脱臼，现在他抓狂得想大哭一场。这真是太蠢了……钥匙在哪里？为什么紧急控制杆会失灵？测高仪。他扫了一眼，现在的高度是9 500千米。梯摩恰里斯环形山[1]的锯齿状山脊，在明亮背景下显得格外清晰。他甚至可以想见，他的飞船将在布满疏松浮石的岩原上钻出一个大洞。一声巨响，一声眩目的爆炸，

1 月球正面位于雨海东南部的撞击坑，以古希腊天文学家梯摩恰里斯之名命名。

然后……

他拼命转过头，借着闪烁的微光，注视着那四根裸露的粗铜线。两个铜端子之间的那个小黑点——那只烧成灰的苍蝇残骸——即使隔那么远，也清晰可见。佩尔克斯伸长脖子，耸起肩膀，活像一个准备扑球的足球守门员。他用尽全身力气向前冲去，差点被撞昏过去。他像一个充满气的内胎，从圆泡玻璃墙上弹了回来，瘫倒在地。玻璃壳晃都没晃一下。他挣扎着站起身，喘着粗气，嘴里流着血，准备再次撞向玻璃墙。

就在这时，他碰巧朝地板瞄了一眼。

手动超控杆。这手动超控杆能够全力开动全船所有推进器，把加速度快速提升至10 g。全机械连接和控制，能够提供紧急推力。每次加速持续时间略少于一秒。

但他突然意识到，加速度越大，他降落到月球表面的速度就越快。真的是这样吗？不，它会产生相反效果，会产生刹车效果！但加速持续时间不到一秒钟，会不会太短，起不到刹车作用？刹车必须是连续的。超控杆应该能办到。真的能办到吗？

他往下一扑，在下落过程中抓住了手动超控杆，竭尽全力往上一拉。没了宇航座椅的缓冲，撞上地板时，他感觉身上所有骨头都裂开了。又一次猛拉，又一次剧烈摇晃。这一次，他脑袋着地，要不是头盔里的泡沫橡胶衬垫，头骨早被撞碎了。

保险丝面板滋滋响了几声，闪烁突然停止了，柔和而稳定的灯光照亮了整个船舱。

两次手动控制的快速连续加速，产生的船体震颤，足以震落卡在电线端子之间的微小碳片，从而彻底消除短路。佩尔克斯嘴里泛起一股咸咸的血腥味，他猛地一扑，跳向宇航座椅，但他没能顺利落在座椅上，而是撞在椅背上，向上一弹，脑袋结结实实撞在天花板上，幸好头盔提供了一定的缓冲。

就在他准备再次跃入空中时，自动熄火开关被激活了，关闭了所有推进器，舱内一下子陷入了失重状态。飞船随着惯性，径直坠向梯摩恰里斯环形山。

他又在天花板上撞了一下，向地板弹去。他吐出一口唾沫，血淋淋的唾液飘散开，在他嘴边形成一团银红色的气泡星系。他疯狂地扭动身体，转过身，胳膊拼命伸向座椅。为了获得推力，他掏空口袋，把里面的杂物全都扔向身后，微小的反作用力缓缓把他推向座椅。他竭力伸展手指，肌腱都快绷断了，他的指尖勉强蹭到了镀镍铁管，再近一点，他紧紧抓住了座椅框架。他拼命攥紧。就像一个在双杠上做倒立的杂技演员，他缩起脑袋，把自己拉到倒立位置，然后抓住安全带，让自己缓缓倒下去，同时把安全带缠绕在自己的躯体上。他没时间去扣安全带，顺手把松的那一端塞进嘴里，用牙齿紧紧咬住。现在，伸展手脚，握住控制杆，踩上减速踏板！

测高仪显示，飞船距离月球表面1 800千米。他能及时刹住吗？不可能，他正以每秒45千米的速度俯冲。他必须通过一次陡峭拉伸，来扭转船头俯冲。别无他法。

他启动集束引擎，不断加速，2 g，3 g，4 g。不够！远远不够！

他正开动所有推进器，努力抬升船头。在屏幕上，月球表面犹如一汪闪闪发光的水银，仿佛会永远横亘在那里。但下一秒，月球表面开始颤抖，缓缓向下沉去。加速度不断增加，他的身体重量也越来越大，座椅开始吱嘎作响。飞船正划过一个陡峭弧线，直接飞掠月球表面，这个弧线的半径极大，大到足以抵消下坠的巨大速度。控制杆被推到了顶。他的宇航服没来得及连接空气压缩机，他软绵绵地靠在海绵靠背上，感觉巨大压力正把空气从肺中压出，把肋骨向内压弯。他眼前开始闪现小灰点，他随时可能昏厥，他眼睛紧盯着雷达测高仪，它不停闪现出一串又一串数字：990……900……840……760……

他知道自己已推到了顶，但还是用力顶住控制杆。他拼命把船头往上抬，但随着测高仪数值继续下降，尽管下降速度开始减缓，他的高度仍不断下降，他发现自己仍然处于陡峭曲线的下降弧上。尽管脑袋不能动弹，眼球呆滞，他的眼角余光仍一直盯着轨迹仪。

当太空飞行器过于接近某个天体，进入撞击危险区域时，轨迹仪不仅会显示飞船的飞行曲线，并用一条脉动线隐约显示飞行曲线在天体上的的投影路径，而且还会显示天体的轮廓线，比如此刻的月球轮廓凸线。

飞行曲线和月球表面曲线似乎一度重合了。但两条曲线相交了吗？这才是关键所在。

相交？并没有，但两条曲线的顶点确实相切了。因此，没办法预测他到底是会贴地掠过月球表面，还是会直接撞进月球表面。轨迹仪的误差范围为7到8千米，佩尔克斯只能预测，飞行曲线可能擦过碎石平原上方3千米，也可能没入下方3千米。

他的视线开始模糊，5 g加速度让他的眼球微微变形，但他的意识仍然清醒。他仰面躺着，眼睛有点失焦，双手紧握着控制杆。他感觉在月球重力作用下，座椅的泡沫橡胶垫开始微微坍塌。不管怎样，他不能失去希望，自己绝不能完蛋。他嘴唇动不了，于是在黑暗中开始缓缓默数：二十一……二十二……二十三……二十四……

数到五十时，他突然想到，如果真要发生撞击的话，此刻应该已经撞上了。即便如此，他的双手还是牢牢握住控制杆。种种不适猛地向他倾泻而来——胸口的窒息感，耳朵里的嗡嗡声，堵在喉咙里的血痰，眼睛里的红黑血丝造成的干涩……

他的手指缓缓松开，控制杆开始往回滑动。他什么也看不见，什么也听不见。渐渐地，黑暗开始变淡，变成了灰色，呼吸变得轻松了点。他想要睁开眼睛，却发现双眼其实一直睁着——他的眼皮简直干涩得发痒。

他坐起身。

重力仪显示2 g；前方屏幕上空荡荡，只有一片星光闪耀的虚空。看不到月球。月球在哪儿？

月球在那儿，在他下方。他扳回了致命的船头俯冲，现在正以越来越小的逃逸速度向上滑行。他到底贴得有多近？他很想知道。测高仪一定记录下了飞船擦过月球时的精确高度，但不知怎的，他没有心情去查看。突然，警报声停止了。我的天，原来它一直在响个不停！可真是帮了大忙！为什么不干脆在天花板上挂个教堂大钟呢？就算是送一个男人进坟墓，也该把场面捯饬得尽可能隆重一点！又传来一阵嗡嗡声，这次很微弱。是另一个苍蝇！它还活着，这个混蛋！活得好好的，还趴在玻璃圆泡的顶上嗡嗡作响。突然，他嘴里涌起一种可怕味道，像是粗帆布的味道……原来他一直在无意识地嚼着叼在嘴里的安全带。

他系好安全带，抓住控制杆；他还是得把飞船开回指定轨道。两艘JO飞船已不见了踪影，这并不奇怪。即便如此，他也必须继续完成任务，并向月球导航处报告。或者他应该先向月球基地报告此次故障？他怎么知道到底该先报告谁！或许他应该保持沉默。没用！他一着陆，他们就会发现血迹。他也是刚发现，圆泡顶部到处都是血迹。此外，飞船的航行记录仪把整个过程都录了下来——断路器是怎么失灵的，应急控制杆是如何卡住的……瞧瞧这些哥们给我们的机器，可真棒！他们还不如把我们放进棺材送上天！

好吧，他会如实报告。但向谁报告？他灵机一动。他身体前倾，松开肩带，在座椅底下寻摸那张小抄。为什么不看一眼呢？这会儿小抄也许真的能派上用场呢。

就在这时，他听到身后嘎吱一声响——好像有一扇门被打开了。

一扇门？在他身后？他很清楚自己身后并没有门。但即使他想转身也转不了，安全带仍然束缚着他。一道亮光划过屏幕，抹去了屏幕上还能看得清的星星，接着他听到了校长柔和低沉的嗓音："佩尔克斯学员。"

他以为自己产生了幻觉，想要站起来，却被安全带一勒，又倒回了座椅上。不知从哪儿冒出来的校长，突然就出现在分隔玻璃圆泡和舱室其他部分的过道上。他身穿灰色制服，站在佩尔克斯面前，一双温柔的灰眼睛盯着他，面露微笑。佩尔克斯完全糊涂了。

玻璃圆泡一升起，佩尔克斯就赶紧解开安全带，站了起来。校长身后的大前屏一片空白。

“干得不错，佩尔克斯。”校长说，“相当不错。”

佩尔克斯仍然目瞪口呆。然后，他缓过神来，立正肃立，但立刻又做了一个完全违反规定的动作：在膨胀颈圈的允许范围内，他拼命扭转头，向后看了一眼。

令他吃惊的是，整个登船通道被拆除了，连气闸室和内舱门都被拆除了，看起来火箭飞船仿佛被劈成了两半。在夜灯照耀下，他看清了金属T台，那里站着一群人。那条防护严密的金属梁架搭成的护廊，从T台直通进火箭内部。佩尔克斯回过头，呆看着校长，下巴耷拉了下来。

“跟我来，孩子。”校长说着，伸出手郑重地握了握佩尔克斯的手。“我代表航行指挥部，对你表示赞许——并向你道歉。是的，就是这么回事。现在，跟我来。你可以在我的办公室清理一下自己。”

校长向出口走去，佩尔克斯跟在后面，他的脚步还有些僵硬，走得摇摇晃晃。外面很冷，一阵微风从机库顶部滑开的发射口吹了进来。

两艘火箭，仍然矗立在原先的发射场上，根本没挪动过分毫。两艘火箭的船头上，都连着几根又长又粗的电缆，耷拉着悬在空中。这些电缆，应该是等他们登船后再连上的。

他的导师，也在T台人群之中，这时，他冲佩尔克斯说了一句什么话，佩尔克斯戴着头盔听不清。

“你说什么？”他本能地脱口而出。

“空气！把宇航服里的空气放掉！”

“哦，空气……”

他按下按钮，空气快速排出，发出嘶嘶声。他摘下头盔，看到两个穿白罩衫的人正等在走道后面。连在顶部登陆舱上的护廊，仿佛是飞船断折的喙。起初，他只感到一种出奇的冷漠，接着变成了惊讶，然后是幻灭，最后是愤怒——一种纯粹的、毫无掩饰的愤怒。

他们正在打开另一艘飞船的内舱门。校长站在T台上，那两个穿白罩衫的人正在向他汇报。

从飞船内部传来一声微弱的撞击声。

一个穿棕色制服的男人，跌跌撞撞地从舱室里窜了出来，没戴头盔的大脑袋晃得像一块模糊黑斑，五官扭曲成一团，嘴巴张着，正发出一声无声的尖叫……

佩尔克斯吓得膝盖一软。

那是伯尔斯特。

他的飞船刚刚栽进了月球。

条件反射

这件事发生在佩尔克斯四年级时，就在暑假之前。他刚刚结束基础训练，通过了模拟飞行资格测验，进行了两次非模拟飞行，还独自一人飞往月球一次。这时候的他，幻想自己是一个火箭老手，一个太空王牌，他真正的家在行星之间，他只有一套衣服，就是他的太空加压服——当然穿在身上可不怎么舒服。在某次航行中，他第一时间拉响陨石警报，并通过一连串出色机动，把他的飞船、他自己和他那些不那么机敏的伙伴们，从灾难中拯救出来。不管怎么说，他就是喜欢这样看待自己。在刮胡子时，他总是痛苦地发现，经历了种种冒险，他居然毫发无损，连一个显眼的伤疤都没有！即使是最糟糕的那次，他把飞船停在中央湾[1]，哈勒斯伯格投影在他手中爆炸，也没把他的头发熏白半根。哦，好吧，以上诸多冒险也许只是他一厢情愿的幻想——但是，天哪，要是在太阳穴周围来几个灰斑，至少几道鱼尾纹，该有多好，这才能显出他曾长期眯着眼注视轨迹仪，查找参照恒星位置。不幸的是，这也不可能发生；他只是他——一个脸蛋光滑、脸颊胖嘟嘟的宇航学院学

---

1 位于月球赤道和本初子午线交点处的小型月海。从地球看来，其位于月球正面的中央，因此得名。

员。于是，他一边用剃刀刮脸，一边忍气吞声，继续在心里编造各种各样的冒险故事，一个比一个惊心动魄，目的是向人们展示他完整的英雄形象。马特斯，要么是知道他的沮丧，要么只是凭直觉，建议他最好留胡子。不管马特斯的建议是否真心诚意，第二天早上，佩尔克斯在独自修面时，站在镜子前，把一条黑色鞋带搁在上嘴唇之上，比划了一番——这副尊容差点让他崩溃。从那一天起，他开始怀疑马特斯的真诚，但仍未怀疑马特斯妹妹的心意。直到有一次，这位非常可爱的妹妹吐露说，他是个“正经的守规矩家伙”，这句话让他彻底崩溃了。

那天晚上在迪斯科舞厅并没有出什么真正的岔子，至少，他最担心的岔子一个都没冒出来。没错，有一次他跳错了舞步——他察觉时为时已晚——但她很乖巧，配合着他把舞跳完。接下来的时间过得很顺利。他成功避开了她的脚，甚至一直板着脸憋住了笑（他要是咧嘴一笑，尴尬程度足以把人吓退三步），当他提出送她回家时，也没有被拒绝。他们在最后一站下车，然后一路步行，这给了他琢磨对策的时间。他要怎么做才能向她证明，自己远不是她心目中那种“正经的守规矩家伙”呢？哦，这个评价真是太让他痛心了！但当两人走到她家门口时，他陷入了深深的忧虑和畏缩之中。尽管他绞尽脑汁，却想不出任何点子；更糟糕的是，这一路上，他笨嘴拙舌，完全引不出任何有趣话题，他的脑袋里一片虚空。不同于深邃无比、无垠无限的宇宙虚空，他脑中的那片虚空，只是一片虚无。然后他突然灵机一动：为什么不趁机亲吻她一下，约她出来约会，握紧她的手——轻捏她的手指，暗暗传递出他执着的热情和……（他在哪本书上读到过这样的手段）？一场虚惊。

没有亲吻，没有约会，也没有握手。但是，当她用略带挑逗的嗓音道声晚安，转过身，伸手去抓门把手时，他内心的恶魔被唤醒了。难不成他从她的语气里觉察到了一丝或真实或想象的讽刺意味？谁知道呢。事实是，当她转过身背对他时，举止是那么从容，对自己的女性魅力是那么自信，一副十足的美人做派……

总之，她转过身的刹那间，他突然在她屁股上狠狠拍了一巴掌。啊，她肯定被拍蒙了！当他飞快转身，拼了命狂奔逃窜时，只听得身后传来一声闷哼“哎哟！”第二天，他像提防定时炸弹一样提防着马特斯，但马特斯压根就没有任何异样。

尽管如此，此番鲁莽行径仍然困扰着他。不经任何深思熟虑就鲁莽行事，似乎也属于他的一种特殊“才能”。在她屁股上狠狠拍过一巴掌后，他还称得上是一个“正经的守规矩家伙”吗？

他倾向于认为自己仍然是。不管怎样，与马特斯妹妹之间的这段插曲——从那以后他一直像躲瘟疫一样躲着她——治好了他一大清早对着镜子摆姿势的习惯。在此之前，曾有几次，他已堕落到了这般地步：他已经不满足于一面镜子，又找了一面手镜，以便从侧面端详自己，细细搜寻任何能彰显他远大前程的蛛丝马迹。幸运的是，他还没傻到看不出这些愚蠢姿势的荒谬。此外，他要寻找的，并不是所谓的充满男子气的性感，天哪，当然不是！他寻求的是毅力。因为他读过康拉德的书，每当他憋着一张红通通的圆脸，思索银河的静谧、人类的孤勇时，他总是难以想象，一个永恒之夜的英雄，一个独行者，会长着这样一对酒窝。他很快就彻底放弃了早上镜前摆姿势的习惯，这也佐证了，他拥有超强的意志力。

这些忧愁，虽然也经常啮噬着他的心，但与即将开始的梅利努斯教授（诨号“梅利诺人”）的口试相比，就相形见绌了。说实话，佩尔克斯对考试并不太担心，只有那么几次，他倒是宁愿去导航天体学与天文观测学系附近溜达一圈。那些从“梅利诺人”办公室走出来的学生，总是被同学们拦住——不是为了祝贺那寥寥几个幸运通过考试的人，而是为了打听那个冷酷无情的审讯者“坏脾气公羊”教授，又想出了什么刁钻的新问题。虽然这个老头还没坐过宇宙飞船，根本就没登上过月球，但他对理论却无所不知，他熟悉雨海中每一个陨石坑里的每一块石头，能背出每颗行星上每座山丘和峭壁的名字，对更遥远的木星诸卫星也同样精通。据说，他是一名研究尚未被发现的流星和彗星的专家，这些星体将在下一个千年陆续光顾地球，这种预测未来星体轨迹的数学能力，得自于他最喜欢的消遣：天体摄动分析。而正因为拥有惊人的知识储备，他身处知识相对浅薄的宇航学员们中时，难免不耐烦，甚至脾气暴躁。但佩尔克斯丝毫没被他吓倒，因为他发现了其致命弱点。这位教授发明了一套独一无二的科学术语。在狡黠天性的引导下，佩尔克斯去了图书馆，借出梅利努斯的所有主要作品。当然不是为了老老实实拜读一遍，怎么可能呢，他只是粗略浏览一番，草草记下“梅利诺人”最喜欢用的200来个生造术语。他确信，一旦把这些古怪单词牢记在心，自己就能通过考试。他并未失算。老教授仔细体味着他的语言风格，坐立不安，两道蓬乱的眉毛不时上下耸动，他如饥似渴倾听着每一个字，仿佛在聆听夜莺的啼唱。平时笼罩在他脸上的乌云散去了，他看上去几乎又变年轻了。佩尔克斯被老头的痴醉神情所激励，豁出胆来，特色词汇的出场频率更加密集了。尽管他完全搞砸了最后一道题，教授还是有点抱歉地给了他一个大大的B。这道题假定他已掌握一个四部分公式，即使再多的“梅利诺人”式特色修辞，也无法弥补这个硕大的知识漏洞。

但是，与资格考试最后一个阶段，所谓的“疯狂浸泡”引起的焦虑相比，驯服梅利努斯教授什么的，根本不算事儿。

要想通过“疯狂浸泡”这一关，光靠虚张声势是行不通的。应试者首先要向阿尔伯特报道。阿尔伯特名义上是行为天体心理学系的主任，实际上他还是校长的得力助手，他的话，比所有终身教授的集体智慧加起来还要有分量。阿尔伯特曾担任前校长巴勒教授的勤务长。巴勒教授在一年前退休了，这让学生们感到高兴，却让阿尔伯特感到苦恼，因为他认为“从来没有人能像巴勒教授那样赏识我的才能”。阿尔伯特会把应试者带到地下室一个小房间里。在那里，阿尔伯特会用石蜡为应试者浇铸一个面具。从脸上取下刚浇铸好的面具，需要在两个鼻孔处分别插入两根金属管。之后，应试者被送回楼上的游泳池。当然，那并不是真的游泳池——学员们总喜欢给各种东西取绰号——而是一个大房间，里面有一个装满水的大水箱。应试者，或者用学员们的话说是“病人”，被要求脱光衣服，爬进水里，水被逐渐加热，直到与其体温接近。有些人会在28摄氏度喊停，有些人则在30摄氏度喊停。一旦水温达到测验对象的体温，自由漂浮的“病人”会举手示意，一名助手就会把石蜡面具贴在“病人”脸上。然后，助手会在水中加盐——那些已经经历过“疯狂浸泡”的人证实说，加的并不是剧毒的氰化钾，只是普通食盐氯化钠，添加量很大，用于增加水的浮力，让“病人”（也被戏称为“溺水者”）正好悬浮在水面以下，而不会继续下沉。应试者可以通过露出水面的金属管呼吸。本质上，这就是测验的全部内容，这个测验的正式名称叫作：感官剥夺实验。“受害者”又盲又聋，丧失了全部嗅觉、味觉和触觉。因为只需浸泡很短时间，水就不会再激起人体的任何感觉。应试者双臂交叉放在胸前，像埃及木乃伊一样平躺着，很快就沉浸入一种模拟的失重环境中。能坚持多久，取决于受试者的忍耐力。

这测验看起来并无害处。然而，当一个人长时间处于这种状态时，就会体验到一些最离奇、最古怪的感受。过去的测验对象的经历，在实验心理学教科书中有大量记载；然而，尽管这类资料随时可供查阅，但这些体验天马行空、五花八门，并无多少参考价值。三分之一的候选人，幸运地坚持了三个小时；能坚持五六个小时，已经算极少数了。坚持不懈也有回报，因为夏季训练任务，是根据班级成绩表来分配的：分数最高的学员，会被分配一项“特殊”任务，而不是随机派往某个环地球太空站，完成某个常规任务。但并无办法可以预测到底谁能“坚持到底”;“浸泡”测验的目的，是严格测验受试者的心理稳定性。

佩尔克斯很顺利地完成了制作面具的程序，但在戴上面具之前，他多此一举地一直把头埋没在水下。在这个过程中，他喝下了约250毫升池水，他实实在在地证实了，水中添加的确实只是普通食盐。

一戴上面具，双眼被面具紧紧捂住，他立刻陷入了一片彻底的黑暗中，他的第一个感觉是耳中有轻微嗡嗡声。他放松肌肉，轻盈地漂浮在水中。然后出现了一个意想不到的状况：他的鼻子和右眼开始发痒。现在可怎么办？他又没办法透过面具去抓痒。嗯，以前从来没有人报告过会发痒，也许这将是他对实验心理学的特殊贡献。他放松四肢，安安稳稳地漂浮在水中，水既不热也不冷，轻柔浸润着他赤裸的身体。不久，水似乎完全消失了。当然，如果扭动一下脚趾，就能感觉脚趾皮肤是湿的，但他知道天花板上藏着一台录像机，身体每扭动一次，都意味着扣一分。通过仔细倾听，他能分辨出自己微弱的心跳。不适感很快就过去了，就连瘙痒感也减轻了。阿尔伯特把金属管安装得那么妥贴，他几乎感觉不到它们的存在。他的所有感觉都在缓缓被剥夺：像被一股真空力慢慢吸走了，整个剥夺过程毫无痛苦，这反而令他更忧心。他完全失去了空间感，迷失了胳膊和腿的位置，只有记忆能提醒他，哪里曾经长过胳膊和腿。他试着计算自己在水里待了多久，自己的脸被封在白色石蜡里多久了。令他吃惊的是，他发现自己根本想不起来，从开始“疯狂浸泡”到现在，到底过去了多少时间——而他的时间感一向很强，估算时间一般准确到几分钟之内。

他还没缓过神来，就发现自己的身体——脸，所有的一切——全都消失了。这可不是什么愉快的感觉，相反，这种感觉很可怕。他正缓缓地、不可逆转地溶解入水中，既然身体已经消融，那么托起他身体的水，到底存不存在，也成了疑问。甚至他的心跳也消失了。他凝神细听，可听不到任何动静。寂静吞没了他，寂静之中泛起一种暗沉的低语，一种单调的白噪音，他对此毫无抵抗力——他无法堵塞住耳朵。过了一会儿，当确信坚持的时间已经足够长，被扣一分也无妨时，他决定动一下胳膊。

但他的胳膊已完全消失了，他倒也并不惊慌，而是感到惊奇。好吧，教科书上说过“完全感官剥夺”——但谁能相信真会剥夺得这么完全呢？

这是正常反应，他安慰自己。关键是保持不动。坚持越久，分数越高。有一段时间，他就靠这个口号支撑着自己，虽然他也不知道到底坚持了多久。

情况越来越糟。

他被淹没在黑暗中，他现在即是黑暗的化身，无数模糊的小小光环，正围着他打转。他转动了一下眼球，感到一丝宽慰，不过不久，这种宽慰感也消失了。

所有这些感觉的总和——闪烁的光环，单调的嗡嗡声——与接下来发生的事情相比，只是一个微不足道的无害前奏。

当血液供应被暂时阻断时，人的手或胳膊会休眠，变得迟钝麻木。虽然不舒服，但这种麻木感通常只是暂时的。这种麻木感只影响几根手指或一只手，暂时将之变成没有生命的附属物，拖曳在一个正常的、有感觉的身体上。但此刻，佩尔克斯已被剥夺了一切感觉——只剩下恐惧。

他的内心正在解离，不是解离成不同人格，而是解离成各种各样的恐惧——对种种未知之物的恐惧。此刻，他既不在现实中（没有身体，他怎么能感知现实呢？），也不在梦境中（他非常清楚自己身在何处，时刻观照着自己的心理反应，因此不可能是在做梦）。不，这是一种全新的体验，跟他经历过的任何体验都不一样，甚至跟醉酒或麻醉昏迷也都不一样。

他记得自己读过相关论文：他正在经历所谓的“大脑感官剥夺导致的脑皮层紊乱”。

听起来很有逻辑性，很无害。但躲在明晰术语背后的真实，却如此黑暗。

他觉得自己被揉碎了，被打散了。上、下、左、右，方位对他不再有任何意义。天花板在哪里？他已经不记得了。他怎么可能记得呢？没有了身体，没有了眼睛，他完全丧失了方向感。

等一下，他努力思考着。让我们把思路理清楚。空间有三个维度……

可词语也不再有意义。他试图唤起一些时间感，不断重复着“时间”这个词，却像在嚼一团纸。时间已变成毫无意义的一团糊。重复这个词的不是他，而是另外一个人，一个钻进他身体里的入侵者。或者，是他，正潜伏在另一个人体内。而那个人正在极速变大、膨胀，突破着一切界限。他正在其深不可测的体内穿梭，一只膨胀畸形的巨大手指——不是他自己的手指，也不是真的手指，而是一只虚构的，不知从哪里冒出来的手指……僵硬、蛮横、不可抗拒、气势汹汹，又愚不可及……而佩尔克斯的思维体，正在这堆荒谬的、发臭的、黏稠的、令人窒息的物质里来回穿梭……

噗！手指消失了。佩尔克斯旋转着、盘旋着，像一块石头一样垂直坠落。他想尖叫，却叫不出声。

周围突然涌现无数闪闪发光的头颅般大小的圆球，上面布满扭曲的裂缝，他驱赶，它们就散开，再迂回向他逼近，压在他身上，钻进他体内，快速膨胀。他成了一个薄壁的膜囊，绷得快要炸开了。

他爆炸了——飞溅成无数暗夜碎片，像一片片烧焦的纸片，在空中漫无目的地飞舞。在灭世的震颤中，他的身体，炸裂成了一片无知觉的、冰冷的虚无，化作一片黑暗的遗忘领域，他残存的意识拼命挣扎，积聚最后一丝力量，努力穿过这一片暗域——去触摸那个人，去看他最后一眼……

“坚持住。”某个存在用一种异常清晰、实事求是的声音说，那声音显然不是他发出的。某个心怀同情的旁观者？在哪里？他差点就以为自己真的听到了一个声音。不，这只是他的想象在捉弄他。

声音又响了起来：“坚持住。如果其他人都活了下来，并把体验告诉我们，那么这实验就不可能害人丧命。所以要坚持住。”

声音不断叨念着这句自我重复的话，直到词语失去意义。黑暗又侵蚀过来，缓慢地肢解、分裂一切。所有的存在，像被冰水浸泡过的灰色织物一样，裂解成粉末，像被太阳曝晒的积雪一样，融化成液态。他被卷了起来，被拖向暗域。

我已经完蛋了，他认真地想，我已经死了，这并不是一场梦。绝望淹没了他——不，不只是他，而是他们，无数个多到难以计数的多重自我。

我在这里做什么？我在哪儿？在海里？在月球上？在参加某种实验……？

他不相信这只是一个实验。什么，只需一点石蜡和一大盆盐水，自我就消失了？嘿！够了。他开始不顾一切地反击；他努力收缩全身肌肉，艰难得仿佛在举起一块巨石，但他根本没能施展一丝力气——肌肉根本没有收缩分毫。在最后一丝意识中，他拼命挣扎，呻吟出声——声音微弱而渺远，仿佛来自另一个星球的无线电信号。

有那么一两秒钟，他几乎苏醒过来，却在最后一瞬间，又陷落进一场更黑暗、更徒劳的折磨之中。

他的身体其实没有任何不适。要是感觉到疼就好了！要是能体验到一种实在的疼痛就好了，那种能让他体验到存在的边界，体验到自我的存在，能帮助他确认自我的肉体疼痛……但这个过程却是无痛的，是一阵阵让人麻木的虚无。他感到空气不断涌入体内——不是吹进他的肺里，而是一阵阵吹进那片支离的、晦暗的思想碎片的荒野。抱怨、呻吟——什么声音都行，只要能听到自己的声音……

“你可以呻吟，用不着去想那些星星。”一个亲切但极其陌生的声音说。

抱怨？呻吟？他怎么可能做到？他已经死亡了。灭寂了。失能了。瞧，他是一个洞、一个筛子、一个由无数曲折洞穴勾连成的迷宫，透明，充满孔洞……哦，他们为什么不告诉他，他会变成这样？又冷又湿的水……在他内部……自由地……无滞无碍地……流淌着……这些混蛋！他们为什么不告诉他？

很快，那种疏透感就被一种盘踞不去的原始恐惧所取代，恐惧持续弥漫，占据了整片黑域，挤走了那一阵阵如痉挛般袭来的黑暗和麻木。

最糟糕的体验还在后头，可他无法形容，甚至无法清晰地回忆起来，因为人类还没有发明相关词汇。“受害者”们饱受折磨，教授们却对这些体验的凶险本质一无所知——当然这些体验根本不值得羡慕。

佩尔克斯不得不承受更多的折磨。他会消亡一段时间，然后复活，新涌现的不只有他，而是许多个他；他的大脑被完全吞噬，然后缓缓苏醒，分裂成无数个自我，再陷入一系列复杂到无法言喻的异常状态，他清晰地意识到无数个自己，在诸多异时空中不停穿越，体验种种难以忘怀的恐怖。

佩尔克斯真的受够了。

之后，格劳秀斯博士说："你第一次呻吟是在第130分钟时，第二次呻吟是在第229分钟时。总之，被扣了三分——但从头到尾没有一次抽搐！请把一条腿叠在另一条腿上。我要测试一下你的膝跳反应……请告诉我，你是怎么坚持到最后的？"

椅子上垫了一条叠得整整齐齐的毛巾，毛巾的粗糙表面，让佩尔克斯坐得很实在、很舒服。他觉得自己就像死而复生的拉撒路。外表上他仍是以前那个佩尔克斯，但内心深处，他已拥有一个全新自我。他在水里待了整整7个小时。全班第一！尽管在最后3个小时里，他"死"了无数次——他一声不吭熬过了无数次"死亡"。他们把他从水箱里捞出来，擦干身体，按摩全身，打了一针，灌了一大口白兰地，然后簇拥着他，把他领到检查室，格劳秀斯医生正等在那里。在走廊上，他在一面长镜中瞥见了自己：仿佛一个刚从高烧中恢复过来的人，神情呆滞、昏昏沉沉、睡眼惺忪。他转头望向镜子，只是一时兴起，并不是要在自己头上找白头发。他放慢脚步，瞄了一眼自己圆乎乎的脸蛋，又转回头，大步向前走去，只在拼花木地板上留下一串湿漉漉的脚印。

格劳秀斯医生费了很长时间，才让他开口讲述自己的经历。7个小时绝对是个大壮举。现在他对佩尔克斯刮目相看，与其说是同情，不如说是昆虫学家发现稀有飞蛾或珍稀昆虫时的那种热情。也许他在佩尔克斯身上看到了写出一篇学术论文的可能性。

必须指出，佩尔克斯并不是那种最乐于助人的研究对象。他呆坐着，一声不吭，像个傻子一样眨巴着眼睛。一切似乎都是平面的、二维的，在他努力聚焦视线的那一刻，眼前的东西要么飘然后退，变得模糊不堪，要么倏忽靠近，在他眼前撞得粉碎。这是一种常见的典型反应。但当医生企图探听更多细节时，他的回答却一点也不典型。

“你自己进水箱泡过吗？”他反问了一句。

“没有。”格劳秀斯有点吃惊地向后仰了一下，“你为什么这么问？”

佩尔克斯建议道：“找个时间进去泡一下，这样你就能亲身体验一番了。”

第二天，他就觉得自己的精神已完全恢复，足以拿“疯狂浸泡”来开玩笑了。从那天起，他往返于主楼时，都会仔细看一眼布告栏。夏季训练任务的安排名单，每天都会更新，张贴在一方用玻璃框隔开的布告栏里。但到了周末，他的名字仍然不在名单上。

星期一，他被告知到校长办公室报到。

佩尔克斯虽然没有立即感到不安，但还是检查起了自己的良心。是因为我把那只老鼠偷偷放进奥斯腾的飞船吗？不，那都是很久以前的事了。再说了，一只可怜的老鼠算什么？难道他们还当真了不成？还有一次，他把电线连接到梅比乌斯的床垫弹簧上，并用闹钟做接通计时器。是因为这件事吗？但那只是一个下层社会的恶作剧，一个二十二岁年轻人在寻开心。校长是一个宽宏大量的人，在一定程度上，他会理解的。还是因为僵尸行动？

僵尸行动是佩尔克斯单独构想出来的绝妙主意。当然他得到了朋友们的协助——要不然还交朋友干什么？这是他搞过的最不留痕迹、最狡猾的恶作剧：在纸筒里装上一些火药，在房间里绕着撒三圈，引向放置在桌下的一小堆未免过量的火药。然后通过门下缝隙，把火药线引回到走廊里。在此之前整整一个星期，他不断对巴恩施加心理暗示：每晚卧谈时间，佩尔克斯都会竭力把话题引向“外星生物”。要知道巴恩也不傻，于是佩尔克斯安排众人分别扮演不同角色，有些人讲鬼故事，有些人扮演怀疑论者，这样巴恩才不至于起疑心。巴恩对这些形而上的争论一概敬而远之，只偶尔对那些笃信“冥界”的党羽们冷嘲热讽几句。可是，伙计们，瞧他那怂样，半夜时分，只见他飞窜出寝室，像一头被老虎咬住尾巴的水牛那样呜呜乱吼！火焰按计划从门缝里钻进去，在房间里绕了三圈，然后“嘭！”的一声巨响，在桌子底下炸开，掀飞了摆在桌上的许多书本，引发了一场小火灾。几桶自来水就把火扑灭了，但地板上留下了一个漂亮的圆洞，寝室内充斥着一股挥之不去的烧焦味。这次行动虽然技术上完美无缺，但还是失败了：巴恩仍然不相信有鬼魂存在。没错，肯定是因为僵尸行动。佩尔克斯早早起床，换上一件干净衬衫，快速翻看了一下飞行手册和基本导航手册，略微安抚一下心中的不安，然后就去隆重登场了。

对佩尔克斯来说，校长的办公室简直就是一个梦想之地。四壁画满了天体图，深蓝色的星空中，一个个星座就像一滴滴洒落的金棕色蜂蜜。桌上放着一个灰白色的小月球仪；墙上挂满了证书与奖状；墙边书架上塞满了精装书；靠墙放着一个地球仪，比月球仪更大、更精致。这是一个真正的技术奇迹：按下右边的按钮，地球仪周围立刻浮现出许多圈纤细但清晰的微光，模拟出迄今为止所有的人造卫星轨道，从最新型号到最古老型号——那些开创性的第一代卫星，可以追溯到20世纪50年代。

如果换作别的日子，佩尔克斯一定会被如此精致的地球仪所吸引，但今天不同往日。进屋时，校长正忙着埋头写东西。“请坐，我马上就好。”他说。好一会儿，校长终于摘下眼镜——大约一年前他还是不戴眼镜的——狠狠地瞪着他，仿佛是第一次看到他。这是他一贯的唬人办法——不仅是对佩尔克斯，对所有人他都用这一招。即使最圣洁无瑕的人，也会被这样的凝视吓得惊慌失措。佩尔克斯可不是什么圣人，他立刻就不安起来。佩尔克斯发现自己总是身处两种极端：要么像个百万富翁在私人游艇上四仰八叉懒洋洋地躺着，要么屁股搓在椅子边缘摇摇欲坠地坐着。最后，校长仁慈地打破了沉默。

“佩尔克斯，近况如何？”

他的口气很随便——这是个好兆头。佩尔克斯说自己有点不得劲。

“浸泡过了，对吧？”

佩尔克斯点点头。嘿，到底怎么回事？佩尔克斯保持着警惕。也许是因为跟格劳秀斯医生顶嘴……

“门捷列夫站有个实习机会。知道是在哪里吗？”

“是月球背面的一个天体物理研究站。”佩尔克斯回答。他感到有点失望。他一直在默默希望，会是别的什么更带劲的任务，比如一次飞行任务。他暗暗希冀着，生怕愿望太强烈，反而得到相反结果。宇宙中有那么多飞船和行星，他居然还是被分配了一个常规的天文站任务，而且是在月球背面。曾经的“流行”说法，是“不面向地球的月球半球”，现在“月球背面”已成了常用语。

“没错。但你知道那是个什么样的研究站吗？”校长神秘兮兮地问，脸上表情有点古怪，表明他话里有话。佩尔克斯心里一动，很想反过来唬他一下，但还是老老实实地坦承：“不知道。”

“要是你签了字，我就把所有文件都给你看个够。”校长拍了拍桌上的一叠文件。

“这么说来，这个任务是自愿参与？”佩尔克斯爽利地反问一句。

“对。我所说的这个任务……可能会……极其——”

说到一半，他故意停了下来，想看看瞪大眼睛、满腹狐疑的佩尔克斯到底会有什么反应。佩尔克斯缓缓大吸一口气，屏住呼吸，坐得一动不动，仿佛忘了怎么呼气。他就像一个遭遇王子的少女，脸都憋红了，正等待王子再说上一段甜言蜜语。校长清了一下嗓子。

“好吧，好吧，”他严肃地说，“我可能有点夸大其词。总之，你想错了。”

“抱歉，我没听明白。”佩尔克斯结结巴巴地说。

“我是说，你并不是这世界上唯一的救星。至少现在还不是。”

脸红得像甜菜一样的佩尔克斯，在座位上不安地扭动着身子，两只手来回摩擦着裤子。

至此，总喜欢吊人胃口的校长，已经给佩尔克斯隐隐描绘了一番天堂景象。他，就是他佩尔克斯，将会崛起成为英雄。(佩尔克斯已经开始梦想，当自己载誉凯旋，被人群簇拥着穿过拥挤的航天发射基地，众人敬畏地交头接耳：“就是他！”他来了！”)，接下来，校长又不动声色地开始淡化这次任务，把它轻描淡写成一次例行训练任务。

“驻扎在门捷列夫站的都是天文学家，他们被分批派往那里，完成一个月的例行任务。工作内容都是例行公事，不需要专业技能。在过去，候选人的筛选，基于标准一级考试和标准二级考试。但那是在事故发生之前。现在我们需要经过更严格测验的人。飞行员是很理想的人选，但你不能把飞行员派去驻扎在一个常规天文站。这你应该可以理解。”

佩尔克斯可以理解。整个太阳系都在拼命募集飞行员、跨星家、航行家——即使在人才辈出的最好时代，这类人员也是供不应求。但校长刚才说的“意外”，又是什么？佩尔克斯谨慎地保持着沉默。

“这是个很小的天文站，坐落在一个最不合适的地点——不是在环形山底部的平原，而是在略低于北峰的山脊上。决定站址的关键因素，是竞逐国际声望的政治冲动，而不是严谨的月球物理学。这曾在学界引发了很大争议，你很快就能在文件中读到。总之在去年，一段山脊倒塌了，毁掉了唯一的道路，交通变得极其困难，只有白天才能通行。本来打算铺设一条电力铁路，但上级决定，一年内在平原上换址重建天文站，工程就停止了。到了晚上，天文站与外界隔绝。所有无线电通信都会中断。那么，这是为什么呢？

“什么？”

“为什么到了夜间所有无线电通信都会中断？”

校长突然出了这么一个考题。一开始只是一次人畜无害的任务简介，现在突然变成了一场考试！佩尔克斯背上猛地冒出一阵冷汗。

“因为月球没有大气层和电离层，无线电通信是通过超短波频率来维持的……一个由多个中继站和信号传输线构成的网络，类似于电视信号中继网络，是为了——”

校长把胳膊肘支在桌面上，玩弄着圆珠笔，一副不耐烦的模样，仿佛佩尔克斯正滔滔不绝讲个不停的东西，是小学生都知道的常识。而对佩尔克斯来说，他正冒险进入一个陌生领域，已超出他有限的知识积累。

他继续向前一冲，切入一个更熟悉的领域，“这些信号传输线，在月球背面和正面都有安装。其中八条位于背面，连接着月球基地和中央湾、梦沼[1]、雨海——”

“你可以跳过这个，”校长突然宽宏大量地打断他，“也没必要去分析月球的起源。继续。”

佩尔克斯眨了眨眼睛。

“当中继网络进入明暗界限，就是说当网络的一半中继站处于黑暗中，另一半处于光明中，就会发生无线电干扰……”

1 位于月球雨海南部附近。

“我知道明暗界限是什么。没必要进行名词解释。”校长温和地说。

佩尔克斯轻咳了一下，擤了擤鼻子。但他不能一直这样不停地清嗓子或着擤鼻子。

“月球没有大气层，太阳的微粒辐射会直接轰击月球地壳，造成无线电波干扰。正是这种干扰导致了……”

他苦苦挣扎着。

“干扰导致了干扰——绝对正确！”校长接过他的话茬，“可到底是什么机制引起的干扰呢？”

“二次辐射，也就是所谓的‘诺——诺——’”

“诺文——”校长轻轻戳了一下桌子。

“……诺文斯基效应！”佩尔克斯终于脱口而出。但审讯并没有就此结束。

“是什么导致了诺文斯基效应？”

最后一个问题把他完全难住了。曾经有一段时间他知道答案，但后来他忘记了。他去考试前，会把所有知识点都背下来，就像一个杂耍演员，在脑子里平衡着一大堆乱七八糟的词句。但现在考试早已结束了。他正拼命讲着电子、强制辐射和共振，校长同情地摇摇头，打断了他的话。

“嗯嗯，”这个严厉而不妥协的男人说，“梅利努斯教授在这门课上给了你一个B……嗯，你觉得他会不会是弄错了？”

佩尔克斯屁股下的扶手椅正慢慢变成一座活火山。

“我不希望让同事感到尴尬，这个疏忽还是越少提起越好……”

佩尔克斯吁出一口气。

“但在你们综合考试期间，我要让拉布教授……”

他吞下半截话，留给佩尔克斯自己去想象。佩尔克斯咽了口唾沫，倒不是害怕校长的含蓄威胁，而是看到校长的手正慢慢捧起那叠任务文件。

“为什么不采用有线通信系统？”

“成本太昂贵。目前月球上只有一条同轴通信电缆在运行，就是连接月球基地和阿基米德站的那一条。计划在未来五年内铺设一个有线通信网络。”

校长面色并未缓和，但接过他的话头说了起来。

“继续之前的说明。门捷列夫站的通信会在夜晚中断。但不管和外界有没有无线电交流，站内日常工作都照常进行——直到最近。上个月的一天，在通信中断一夜[1]之后，第二天白天，天文站没有任何回应，齐奥尔科夫斯基天文站派出团队去调查，发现外舱门敞开着，气闸室内有一具尸体。天文站有两个加拿大科学家：查利尔斯和萨维奇。房间里的尸体是萨维奇的，他的头盔被刺破，窒息而死。第二天，查利尔斯的尸体在太阳峡谷山脚被发现——他是摔死的。除此之外，天文站的一切都井然有序：调阅监控系统，没有发现任何异常，存储设备也完好无损，没有任何人为损坏或机械故障。你可能读到过相关新闻。”

“是的，我读到过。”佩尔克斯答道，“但报纸报道称这是一起双重自杀事件。一个暂时性精神错乱案例，是由……某

1　月球的一昼一夜加起来，相当于地球上的27天7小时43分11.47秒，一夜相当于地球上的约13天15小时。

种……精神错乱引起的……”

“鬼扯！”校长突然脱口而出，“我认识萨维奇。我很久以前和他搭档过，驻守过阿尔卑斯天文站。他那样的人是不会精神崩溃的，绝对不会，先生，有很多份心理分析报告可以证明这一点。你可以读一读那份联合调查委员会发布的报告。听着，佩尔克斯，你们这些在校的宇航学员，都经历过严格的飞行员筛选，唯一的区别是，只有在获得名誉提升之后，你才能驾驶飞船远航。不管喜不喜欢，这个任务现在就是你的暑期任务。只要你签了字，明天就可以出发去月球。”

“谁是我的搭档？”

“我不知道他的名字。某个天体物理学家。天文站没了他们就运转不了。恐怕他不一定和你谈得来，但是，你也许可以跟着他学点天体照相学。现在，你确定自己明白任务的性质了吗？委员会裁定这是一场意外，但某些方面仍然笼罩着一层……我们姑且称之为疑云吧。月球上发生了一个无法解释的疑案——真相到底是什么，我们并不清楚。这就是为什么，委员会决定，下一组驻站人员，应当包含一个具备飞行员心理素质的人。我认为没有理由拒绝他们的要求，不太可能再发生什么耸人听闻的变故。当然，你得睁大眼睛、竖起耳朵。但记住，你不是去当侦探的，没有人期待这个案件会有什么惊人的新发现或新突破。不，破案不是你的任务。怎么了？你不舒服吗？”

“嗯？不，不，我觉得很好。”佩尔克斯答道。

“但你的脸色好像有点不对劲。你觉得你真的能理智应对吗？瞧你这模样，我感觉你已经对这案子跃跃欲试了。也许我们应该取消——”

“我会理智行事的。”佩尔克斯用他所能发出的最坚定的声音说。

“我有点怀疑。”校长说，“我其实不太情愿把你送到那儿去。要不是你在——”

“疯狂浸泡！”佩尔克斯脱口而出。

校长假装没听到最后这句话。他先把文件递给佩尔克斯，然后伸出手和他握了握。

“明天00:08起飞。轻装简行。你之前去过月球，应该知道怎么安排行程。这是你的飞机票，还有搭乘跨银河系舰队飞船的预约文件。你将直接飞往月球基地，再被转运到门捷列夫天文站。”

他又说了几句话。祝他好运？作为告别吗？佩尔克斯全都置若罔闻。他的思绪早已飞远了。他的耳中仿佛已经满是火箭助推器的轰鸣声，他的双眼好像已被月球发出的凄厉白光迷眩，他的脸上流露出惊愕和困惑——那两个加拿大人遭遇诡异死亡时，一定也是这种表情。他猛地一转身，结结实实撞在窗边的大地球仪上。他四步跳下台阶，差点被一辆车碾过。刺耳的刹车声惊得所有人都呆立当场，只有佩尔克斯仍在大踏步往前冲。幸好，校长已埋头继续看文件，错失了这番“理智行事”的开场秀。

在接下来二十四小时里，为了给佩尔克斯庆祝、压惊、送行，狐朋狗友们忙得不可开交，等佩尔克斯泡过温盐水浴，呆坐片刻时，脑子里空荡荡的，这一整天到底怎么过来的，他愣是一点也没回想起来。

缺少印象和过多印象，会引发差不多的负面心理效应。但佩尔克斯此刻可没有心思去总结这样的见解。就这样，校长想要极力弱化门捷列夫任务的努力，几乎都成了徒劳。登上飞机时，佩尔克斯盛气凌人的神情，让那位漂亮空姐本能地感到害怕——但其实大可不必，因为在佩尔克斯看来，她就像空气一样透明。他像一个武装军团司令官一样，旁若无人地穿过过道，在座位上落座。他，太空时代的征服者威廉，宇宙十字军骑士，月球的拯救者，诡秘疑案的破解者，月球背面杀人怪的驯服者。（当然，这些头衔还有待争取，尚未落实，但这丝毫不减损他此刻的愉悦。优越感爆棚的他，反而对同行乘客非常和蔼，这些凡夫俗子打破脑袋也不会想到，在这架普通大飞机的商务舱内，居然有他，佩尔克斯，这号大人物屈尊与他们同乘。）他以一种超然的态度观察着他们，就像年迈的爱因斯坦观看孩子们在沙堆里玩沙子一样。

塞勒妮号，一艘跨银河系舰队的新飞船，从非洲腹地的努比亚航天发射场升空。佩尔克斯深感满足。他并未幻想过这里会竖起一块纪念他的牌匾。他耽于梦想，不过还未狂妄到此等地步——虽然也离此不远了。于是，当他登上塞勒妮号时，他那自满的骄傲内心里，开始泛起一丝丝苦意。飞船上没有一个人认出他。嗯，这已经够糟糕的了，可登上宇宙飞船后呢？他居然被安排在下层甲板落座——竟然是旅客舱——他发现自己正被一群背着相机、喋喋不休、叽叽喳喳闹个不停的法国人团团包围。他，佩尔克斯，被夹在一堆大声嚷嚷的游客中间！

没有人围上来为他服务，没有人主动帮他穿戴宇航服，没有人询问他感觉如何，也没有人为他束紧氧气瓶的背带。他只好安慰自己说，这是为了避免被人认出来。飞船旅客舱的布置，和喷气式飞机的座舱一样，只是座位更大、更宽敞，并且，“禁止吸烟！禁止站立！”的牌子正对着你的脸。佩尔克斯试图摆出一种更专业的姿势，把一条腿翘在另一条腿上，故意不系安全带，以彰显自己迥异于这群太空新手的独特气质，但无济于事。唯一一次他被机组人员注意到，是一位副驾驶人员跑来警告他系好安全带，那位漂亮空姐早已绕着他走了。最后，一个法国人随手递给他一颗糖豆，他接过丢进嘴里，嚼了几下，黏糊糊的巧克力馅立刻粘住了牙齿，他顿时泄了气，瘫倒在软垫座位上，陷入了沉思。渐渐地，他对此次任务的危险性重新燃起了信心，平静地品味起迫在眉睫的危机，不慌不忙地期待着即将到来的审判，就像一个十足的酒鬼，被人递上一瓶长满青苔的拿破仑战争时代遗留至今的葡萄酒。

佩尔克斯坐在一个舷窗旁，无论多么努力地想忽略下方这幅熟悉景象，他还是忍不住向外望去。从塞勒妮号升入绕地轨道，到转入跨月轨道之前，他的双眼一直注视着舷窗外。最激动人心的时刻到来了。在地球表面，原本纵横交错着无数道路与河道，点缀着一座座城市，而随着飞船不断攀升，人类社会的纹理逐渐淡化，消失；很快，地球变成了一轮色彩柔和的巨大圆盘，上空点缀着点点积云和连绵云层；当目光从紫罗兰色的海洋，看向熟悉的大陆轮廓时，已找不到一丝人类技术文明的踪迹。在这样的高度，地球看起来空空如也，空荡得可怕，像是刚刚获得新生，温暖地区被一层淡绿色笼盖。

尽管他已多次目睹这种突然转变，但这种转变，总是让他猛然陷入一种令人难以释怀的遐想。此时此刻，一个孤独的个体，直面一颗巨大的行星，这就是渺小人类面对浩淼宇宙时的生动写照吗？人类在几千年中所付出的微弱而短暂的努力，一眼就能尽收眼底？还是说人类终于挣脱了这颗行星的束缚，超越了巨量质量所产生的盲目而冷漠的引力，飞越崎岖的山脉，飞越极地的冰盖，勇敢地驶向无数行星汇聚成的星辰大海？当飞船改变航向，穿过北极附近的辐射区空隙，冲向群星时，这些反思，这些难以言喻的感觉，也随之消散了。

灯一亮，观星就停止了。

午餐开始，在这期间，发动机努力制造出一种重力效应。午餐结束，灯光再次熄灭，乘客们回到座位上，第一次近距离观察月球。

飞船正从南半球接近月球。在距月球南极几百千米处，坐落着第谷环形山，一个被阳光照得格外显眼的白色凹坑，向四面八方辐射出无数白线，其惊人的规律性令地球几代飞行员着迷，但其对称性之谜一旦被揭开，却成了学生们的笑柄。例如，教科书曾告诉一年级学生，那个白色圆形洼地构成了“月球轴孔”，而那些白线，实际上是描画而成的粗粗的经线。

他们越接近那个悬浮在黑暗虚空中的明亮球体，就越能看清楚，月球确实是一个凝固的熔岩球，形成于数十亿年前的大碰撞中。当时，炽热的地球带着卫星月球，在流星云和小行星团中徘徊；岩石和陨铁形成的持续落雹，撞击并穿透月球的薄薄外壳，将大量岩浆抛向月球表面；当宇宙净化最终完成，多灾多难的大构造时代结束，这个没有大气层的星球，变成了一个死气沉沉的世界，变成了一个饱受陨石轰击的石头面具，变成了诗人的灵感、恋人的抒情明灯。

塞勒妮号装载有400吨货物和肉类。船体转过90°；尾部喷焰口缩回，横向扩张，变成圆盘状；开始缓缓地、分阶段刹车，轻轻震颤的船体，最终稳稳地垂直停落在航天发射场的一个巨大钢锥平台上。

这是佩尔克斯第三次登陆月球；其中一次，他独自一人驾驶飞船，在距航空站1.5千米远的练习场进行了软着陆。

这次登陆，他没找到那片练习场；塞勒妮号那镶满耐高温陶片的庞大船体，立即被吊上一辆液压绞车，运进一个气密机库中。海关检查。是否携带毒品，酒精，爆炸性、腐蚀性或有毒物质？呃，佩尔克斯突然想起来，自己的确带有一瓶“有毒”液体——一小瓶白兰地，是马特斯送他的。他把它藏在后背一个隐蔽口袋里。然后是卫生检查——疫苗接种证书、行李消毒（以防止生化污染）——他顺利通过了检查。

他在大门外停了一下，看看是否有人迎接他。

之后，他下到中间层，俯瞰机库。机库是一个在岩石中凿出的巨大空间，混凝土浇筑，半球形天花板，平整的地板，顶部无数荧光灯板发出的人造阳光，照亮了整个空间。机库内挤满了电动推车，推出各式行李箱、压缩气瓶、大桶、板条箱、管子、电缆线圈……这一番骚动的源头，正是不动声色地隐没在背景中的塞勒妮号，船腹打开，各种货物向底层倾泻而出；船尾插入一个深入地下层的竖井里；船头客舱出口处，对接着一条移动长廊，通往上层。

佩尔克斯无所事事地站在那里，然后想起来，他还是得找地方休整一下。港务局办公室的一名工作人员递给他一张过夜通行证，告诉他，他搭乘的飞船在11个小时后才会出发，然后就撇下他，躲得无影无踪。佩尔克斯彻底陷入了孤立无援的困境。佩尔克斯大步走回走廊，如此笨手笨脚的低效接待，把他搞得有点蒙。是直接飞往齐奥尔科夫斯基站，还是先飞越塞西亚海，完全没有头绪。还有，他的任务搭档在哪里？调查委员会的人在哪儿？这次任务的工作日程表呢？

他越想越不高兴，怒意陆续往胃里沉积，融合成一种啮噬感。他饿了，该吃饭了。指路牌有六种语言对照，他仔细研究了一番，跳上电梯，来到了飞行员自助餐厅。在门口他被拦住，抱歉，这里只供飞行员使用，请前往公共自助餐厅就餐。

他的心情顿时坏到了极点。他正要朝那个该死的餐厅走去，忽然想起了什么：他忘了拿背包。回到楼上的机库，得知他的行李已被送去旅馆房间，他气冲冲地又往公共自助餐厅走去。在路上，他遇到了两波游客：一群法国人，就是飞船上那一帮；还有一群瑞士人、荷兰人和德国人，他们刚搭乘月球巴士，从埃拉托色尼环形山[1]游览回来。这帮法国人，还是第一次体验月球引力，全都不好好走路，在女人们的尖叫和欢呼声中，一蹦蹦起3米高，双手在天花板上撑一下，再悠然地缓缓下落。天性矜持的德国人鱼贯走进宽敞餐厅，在椅背上挂满各式摄影器材、双筒望远镜、三脚架，除了高倍望远镜，什么都有。他们一边喝着汤，一边交换着月球岩石样本，这些破石头，都是月球巴士售票员推销给他们的。佩尔克斯埋头默默喝着汤，一股德国-法国-希腊-荷兰诸多香料混合杂陈的怪味，

1　位于风暴洋东部暑湾中的一座撞击坑，以古希腊著名天文学家埃拉托色尼之名命名。

笼罩着他。在一片欢腾中，他是唯一一个愁眉苦脸的顾客。一个荷兰人很同情他，认为他准是患上了太空病。“你这是第一次来月球，对吧？”说着递给他一颗药丸。佩尔克斯终于忍不住了。他摔下勺子就走，在小吃店买了四包水果蛋糕，搭电梯回到旅馆，又对着门房大骂了一顿。这个人居然向他兜售一块月岩——就是一块玻璃化了的玄武岩。

“滚开，你这个二流小贩！你还没来这我就已经——”他咆哮着，气得浑身发抖，门房被吓得目瞪口呆。

为他预定的双人房中，顶灯下坐着一个男人，穿着一身褪色风衣，身材中等偏矮，姜黄色头发中夹杂少许白发，几缕头发垂在额头，脸晒得黝黑，戴着眼镜。佩尔克斯一走进房间，他就摘下了眼镜。他名叫朗格纳，朗格纳博士，一位天体物理学家，他将和佩尔克斯一起去驻守门捷列夫天文站。佩尔克斯已做好最坏打算，没指望能摊上一个好相处的搭档。他说出自己的名字，咕哝了一声，便坐了下来。朗格纳看起来四十多岁——在佩尔克斯看来已是一个老头——但并不怎么显老。他不抽烟，可能也不喝酒，看起来似乎也不是个健谈的人。他同时在读三本书：一本对数表，另一本写满公式，第三本有很多光谱插图。他裤兜里放着一个微型计算器，不时拿出来噼里啪啦敲击几下。他目不转睛地盯着自己的公式，时不时向佩尔克斯抛出一个问题，佩尔克斯正忙不迭地嚼着水果蛋糕。他们的小隔间里摆放着一张上下铺，一个淋浴亭。淋浴亭不大，刚好够一个大个子勉强钻进去，上面贴着多语言版本的“节约水电”提示。所幸，呼吸是被允许的——过了一会儿，氧气被送进了他们的房间。佩尔克斯喝了几口自来水，来安抚卡在喉咙口的蛋糕。水很冷，冻得他牙床都发麻了。也难怪，水库就建在玄武岩地壳下面。他们对了一下表，发现他的表是11点，房间里的电钟是7点，而朗格纳的表则是10点。

他们把手表都调到7点，但很快又要再调。门捷列夫天文站属于不同时区，整个背面又属于另一个时区。

距离飞船发射还有9个小时，朗格纳一言不发地起身离开了房间。佩尔克斯无所事事地呆坐了一会儿。过了一会儿，他把椅子挪到光线下，翻了翻桌子上几本破烂不堪的杂志，最后烦躁不安地走了出去。沿着走廊绕了半圈，他走进了一个小休息室。几把扶手椅正对着一台嵌入式电视机。电视里播放着一场在澳大利亚举办的田径运动会，是通过专用中转卫星转播的。虽然不是田径爱好者，但佩尔克斯还是一屁股坐下来，一直看到眼皮耷拉下来。当他站起身来时，一下子蹦起半米高——他坐得昏昏沉沉，一时间忘了低重力的存在。除了游逛无事可做。什么时候才能脱下便服，换上宇航服？进一步的指示在哪里？为什么一直这样拖拖拉拉？

要不是那个朗什么格纳博士表现得如此悠哉，他肯定会四处打探，甚至会大吵大闹。现在还是保持沉默为好。

田径运动会播完了。佩尔克斯关掉电视，慢吞吞走回自己的房间。天哪，如果早知道是这样……洗澡时，隔墙传来一阵嘈杂声：那些初来乍到的游客，还在狂热赞叹月球的壮美。真是少见多怪。实在没事可干，他换上睡衣，准备睡觉。当朗格纳拿着新买的书再次出现时，他正躺在自己的铺位上伸懒腰。这次是四本书。

佩尔克斯开始感到毛骨悚然。他开始怀疑朗格纳是一个科学狂人，是年轻版的梅利努斯教授。

朗格纳在桌子上摊开一些新的光谱图表，仔细研究起来，比佩尔克斯仔细欣赏自己最喜欢的海报时还要专注，他突然问道："你多大？"

"111岁。"佩尔克斯说，等对方抬起头来，他又补了一句，"二进制。"

朗格纳脸上露出一个微笑——这是他第一次微笑——这个微笑给他增添了不少人情味。他有一口洁白瓷实的牙齿。

朗格纳说："俄国人的一艘飞船来捎上我们。我们会在他们的天文站下船。"

"齐奥尔科夫斯基站？"

"对。"

齐奥尔科夫斯基站位于月球背面。这意味着又要中途停留。佩尔克斯很想知道，他们怎么才能走完剩下的几千千米。当然不可能开车去。另一艘飞船吗？他忍住没问，不想暴露自己的无知。朗格纳正要说些什么，但为时已晚。佩尔克斯脑袋一歪，已坠入梦乡。

佩尔克斯被惊醒了。朗格纳正弯腰俯看着他，拍着他的胳膊。

"到点了。"他简练地说。

佩尔克斯坐了起来。桌上堆了厚厚一叠演算纸，看来朗格纳一直在工作，不停地阅读演算。起初，佩尔克斯以为他是说该吃饭了，但很快发现他指的是起飞。当他背起自己的背包时，他突然注意到朗格纳的背包更庞大、更笨重。一堆月岩，他猜。后来他发现，除了几件私人物品：几件衬衫、几块香皂、一把牙刷，其余全是书。

这次，他们不需要经过海关或其他方面的检查，就直接走到上层。一架月球飞船正等着他们，一架矮矮的球形飞船，蹲在三条高20米的肘形支腿上。这艘飞船原本的银色表面，已被一趟趟旅途消磨成了淡灰色。佩尔克斯从来没乘过这种类型的飞船。一个天体化学家本来也要搭乘，却没能及时赶来。飞船没等他，准点起飞。

月球缺乏大气层，这意味着，直升机或飞机这样的空气动力飞行器无法飞起来。承担运输任务的，只能是火箭推进的飞船。即使是最适合崎岖地形的气垫飞行器，也不实用，因为要消耗大量空气。火箭飞船速度很快，但对着陆地点很挑剔：必须避开崎岖不平的山地和悬崖。

这只螺壳形的“三足昆虫”，发出隆隆吼声，像一尊烛台般笔直伸入高空。客舱有旅馆单人房的两倍大，墙上有几个舷窗，天花板上有一个圆形大舷窗。驾驶舱位于船腹下方，放置在排气管道中间，以便获得最大的地面视野，方便降落控制。佩尔克斯感觉自己有点像一个包裹，正被运往一个未知目的地。不明意图，不知目的。

总是被上级耍得团团转。

飞船已升入最高点，开始掉头俯冲，舱室急剧倾斜，飞船身后拖出两道长长尾焰，月球从下方飞速掠过。一个布满岩石和灰尘的凸面，荒芜得似乎从未有人类踏足过。在太空中，在地球和月球之间有一个点，从这里观察，两个天体看起来大小相等。佩尔克斯清楚地回忆起第一次月球飞行留下的虚幻印象：冰蓝色的地球，笼罩在一片迷雾中，大陆轮廓模糊不清，似乎比月球更加虚幻——仿佛一个悬浮在虚空中的石头吊坠，散发出震撼人心的压迫感。

他们正在飞越云海，布利亚尔杜斯环形山已被甩在身后，第谷环形山现在位于东南方。一个明亮的光环，抛射出无数清晰的放射状白线，其中几道径直穿过月球南极，延伸向月球背面。这一圈极其对称的圆形山脊，从高空看，显得更加壮观，更加令人叹为观止。在阳光照耀下，第谷环形山仿佛一只摊放在平面上的巨大水母，伸展出许多根放射状的白色触须，伸入并箍住了湿海[1]和云海[2]；伸向最北端的最突出的那根触须，消失在地平线上，延伸向澄海[3]的方向。但是，一旦飞船向东飞越克拉维斯环形山[4]，一旦飞船在赤道上空降低高度，飞到背面的梦海[5]上空时，对称的错觉就消失了，原本暗沉而光滑的“海面”，显露出无数崎岖和裂缝。在东北方向，凡尔纳环形山[6]的锯齿状山脊显得格外醒目。他们离月球表面越近，看到的景象就越真实：高原、平原、陨石坑盆地，以及被小颗陨石轰击得坑坑洼洼的环形山脊；大大小小无数个陨石坑，相互交错，叠压，隆起的碎石和熔岩石标记出凹坑的外形，仿佛释放陨石雨的那股宇宙意志，还不满足业已造成的破坏。还没等佩

1 位于月球正面西南部的一座月海。

2 位于月球正面南部的一块古老的、表面微微起伏的低地。

3 月球上位于雨海东面的一座月海。

4 月球正面南部山区一座巨大的古老撞击坑。

5 根据1959年苏联月球3号探测器传回的月球背面图像而得名的区域。1960年，国际天文联合会将其从月球命名体系中移除。

6 位于月球背面南半球的古老撞击坑，以法国科幻作家儒勒·凡尔纳之名命名。

尔克斯找到齐奥尔科夫斯基环形山[1]的位置，飞船在一股短暂爆发力的推动下，转过90°，竖直了箭体；他向舷窗外最后瞥了一眼，潮水般的暗夜，正缓缓吞没月球的整个西半球，只有罗巴切夫斯基环形山[2]的白色尖峰，矗立在明暗界限之上。顶部舷窗里的星星静止不动。飞船像电梯一样开始垂直下降，向下穿过自身的尾焰气流，超高速炽热气体让整个船壳微微震颤。他们的座位在向下加速度作用下自动竖起，顶部舷窗里的星星依然静止不动。在隆隆作响的逆推火箭胆怯但顽强的抵抗下，向下掉落的速度逐渐减慢，刹车喷射流突然全力喷射，发出一声巨响。

好了！我们落到起降台上了！佩尔克斯这番推演，只是想提醒自己，虽然还没领到正式执照，自己也算是个经验老到的飞行员了。

先是一阵颠簸，接着是“哐当”一声，然后是一声巨响，就像大锤砸在一块大石头上一样。船舱轻轻地上下摆动；液压管发出嘶嘶声和汩汩声，三条20米长的撑腿摇摇晃晃地钻进碎石堆中。

飞行员调整了一下液压压力，以平息晃动。一阵长“嘘”之后，船舱终于稳定下来。

飞行员从甲板舱口爬出来，打开舱壁上一个储物柜，嚯！是挂得整整齐齐的宇航服。

1　位于月球背面的一座大型撞击坑，以俄国科学家康斯坦丁·齐奥尔科夫斯基之名命名。

2　位于月球背面赤道区的大型撞击坑，以俄国数学家尼古拉斯·伊万诺维奇·罗巴切夫斯基之名命名。

本来兴高采烈的佩尔克斯突然傻了眼。原来有四套宇航服：飞行员专用、小号、中号和大号。飞行员快速穿戴完毕，但他把头盔抱在手里，等待着其他人。朗格纳也快速穿戴完毕。但佩尔克斯却折腾了很久，他折腾得满脸通红，汗流浃背，简直怒火中烧。中号太小；大号，又太大。试穿中号宇航服，他猛力一拉，才把脑袋硬挤进头盔。但这么一折腾，他免不了就往上蹦起，仿佛一粒种子，漂浮在一个掏空的葫芦里。不过，他也不是没得到善意的建议。这名飞行员很快指出，宽松总比紧绷好，并建议他从背包里拿出内衣，把缝隙塞补一下。如果这还不行，他很乐意借给他一条毯子。对佩尔克斯来说，往宇航服里塞衣服这个想法简直是一种亵渎，他必须奋起捍卫身为飞行员的尊严。

他还是选择了中号，飞行员和朗格纳都没再吱声。飞行员领头，一行人走到气闸门口，飞行员打开气闸；待三人都进入气闸，他关闭气闸门，转动手轮，推开外舱门盖。

要不是朗格纳伸手阻拦，佩尔克斯很可能会直接跳出舱门，20米落差，他会扭伤脚踝，甚至更糟。尽管月球重力较小，但加上宇航服的重量，相当于从4米高处跳进一个碎石堆。

飞行员放下一架折叠梯，三人鱼贯走出船舱，登上月球。

没有列队欢迎，没有鲜花，没有奏乐。事实上，眼前一个活人也没有。大约一千米外，清冷的斜射月光照亮了一个装甲穹顶，齐奥尔科夫斯基天文站突兀地矗立在平原上。在旁边略高处的一处岩地上，凿出了一个小起降台，竖立着两排火箭——根据尺寸判断，是运载火箭。

俄式飞船蹲伏在三条钢腿上，稍微向一边倾斜，喷射尾焰把推进器正下方的岩石都烧黑了。东边的地形相对平坦，如果一片无边无际的巨石杂乱的平原可被称作平坦的话。有些石头简直有一幢公寓楼那么大。地势往东缓缓升起，在远处与那道垂直的断崖圆墙相接，围成了齐奥尔科夫斯基环形山的中央谷地。炽烈的太阳，悬在山脊上方10°的位置，每次目光扫过太阳方向，眼前都一片炫白。佩尔克斯和其他人一样，也放低遮阳板，但这并不能完全遮蔽刺眼光线，最多只能让他从容睁着眼睛。他们小心翼翼地穿行在巨石丛林中，避开不稳定的石头，奋力向天文站进发。在穿越平底盆地时，火箭从视野中消失了。天文站俯瞰着整个盆地和周围山脊，四分之三的结构，嵌在一座隆起的石山中，令人联想起中生代的石头堡垒。那缩短的石头檐口，与古代角楼惊人相似，但只是从远处看着像，越靠近，这些“角楼”的对称性就退散得越快，表面那一条条黑色条纹，显露出真面目，原来是一道道深深的裂缝。按照月球标准，这种地形非常适宜通行。每踩下一步，靴子都会扬起一团灰尘，这就是著名的月尘。这些尘埃会飘扬至齐腰高，把他们下半身笼在一团白雾中，并且迟迟不下落，这逼得三人只能并排行走。当他们抵达天文站时，佩尔克斯回头看了一眼，只见三条反射着太阳光的尘迹，宛如三条蜿蜒的亮白色长蛇。

关于月尘，佩尔克斯可谓见多识广。历史上第一批探月者，对月尘的长时间悬浮也大惑不解。根据人类所知的一切物理规律，即使是最细小、最轻的尘埃，也会在无空气的真空中迅速沉降；月尘明显违背了规律——但更奇怪的是，只有在白天有阳光时，月尘才会悬浮。后来研究发现，月球上的电现象，和地球完全不同。闪电、雷、尖端无声放电，和其他地球常见的大气放电现象，在月球上都不存在。月球上的岩石，由于受到粒子辐射的持续轰击，与包裹它们的月尘具有相同的电荷。极性相同的电荷相互排斥，月尘一旦被扬起，就会由于静电排斥而保持悬浮状态，通常能悬浮几个小时。太阳黑子越多，月球悬尘就越浓密。但到了夜里，没了粒子辐射，悬尘会快速消散。在寒冷刺骨的月夜中，保护你的，只有那身特别设计的保暖用的双层太空服，即使在月球的低重力下，太空服也像地狱枷锁一样重。他们很快就走到了天文站正门，佩尔克斯的科学思考就此打住。三人受到了热烈欢迎。天文站科学主管甘歆教授长得特别高，他甚至比人高马大的佩尔克斯还高大。佩尔克斯一直把自己的身高视为对肥胖的一种补偿。而甘歆更加看低他一眼——这不是比喻，而是实打实的看低。甘歆的同事，物理学家普宁博士比甘歆还要高，高达两米。

在场的还有另外四个俄国人，另有几个正在值班的人，未能出来迎接。天文站的高层，有一个天文台室和一个无线电台室。一条倾斜向上的混凝土隧道，穿透坚硬岩石，通向一个小型雷达天线罩，这是一个网格型的巨大旋转圆盘。透过侧面舷窗，只见围绕着圆形天文站四周，张挂着一张闪闪发光、完美对称的蜘蛛网：这是月球上功能最强大的射电望远镜。

这个天文站看上去不大，其实内部空间要大得多。天文站除了地上建筑，还有几个地下储存罐，里面装着水、空气和食物。用于将太阳能转化为电能的逆变器，排成一列，安置进了一条岩缝深处，只有在空中才能看清。另外还有一个最为奢侈的附属建筑：一个巨大的水培日光圆室，在钢结构件支撑的石英穹顶下，开着无数花朵，摆放着许多养殖藻类的大桶，这些植物和藻类是天文站维生素和蛋白质的主要来源，而在园室正中央，树立着一棵高耸的香蕉树。佩尔克斯和朗格纳吃到了人生中第一根月球种植香蕉。普宁博士面带亲切微笑，解释说，香蕉不在驻站工作人员的日常菜单上，专门用来招待来访的贵客。

朗格纳也称得上是月球工程学方面的专家，他开始向主人询问石英穹顶的设计建造过程，穹顶的巧妙结构比香蕉更能引起他的赞叹。毫无疑问，穹顶结构极其巧妙。由于暴露在真空中，穹顶必须承受每平方米9吨的恒定静压力，而且表面积如此之大，总压力达到了惊人的2 800吨。在如此巨大的大气气压差下，穹顶内的密闭空气团，很轻易就能把整个石英穹顶炸飞成一团碎片。为了摆脱钢筋混凝土，工程师们用一个焊接钢筋笼，箍住整个石英穹顶，将约300万千克的主压力转移到穹顶顶端的一块铱板上。穹顶外面系着一圈呈放射状的强力钢索，深深锚进玄武岩地壳中，把穹顶变成了一个奇怪的“被栓住的石英气球”。

此时正好到了齐奥尔科夫斯基天文站的午餐时间，众人直接从日光圆室走到餐厅。这是一天中佩尔克斯吃的第三顿午饭——第一顿是在塞勒妮号上吃的，第二顿是在月球基地吃的。因为月球白天的时长约相当于地球的14天，从表面上看，人们在月球上一直在重复同一件事：吃午饭。餐厅兼作休息室，空间宽敞，整面墙都镶了天然松木板，而不只是齐腰高的护墙板，室内散发着一股淡淡的松脂香气。在饱览了眩目的月球景观之后，这种不可思议的“世俗生活感”，是一种很不错的宽慰。但甘歆教授告诉他们，松木板只是薄薄镶了一层，用以缓解工作人员的思乡之情。

午饭期间和午饭后，众人都没有提及门捷列夫天文站。没有提及那次事故，没有提及两个加拿大人遭受的厄运，甚至没有提及他们饭后即将启程。气氛很悠闲，仿佛只是一次顺路拜访。

俄国人相当优待他们。俄国人渴望得到新闻，任何消息都行。他们不断向客人提问：地球有什么新闻？月球基地有什么见闻？出于一时真诚，佩尔克斯承认自己挺讨厌那些老是大惊小怪的游客；在场不少人表达了同感。时间不紧不慢地流逝着。突然，俄国人陆续离席又返回，轮流溜进溜出。两人很快发现了原因：天文台观察到了一个日珥，无论何时，日珥都是一种壮美的奇观！一听到“日珥”这个词，朗格纳马上就来了精神。事实上，在场所有科学家的心中，都涌起一股忘我的专业激情。众人立刻来在楼上，查看了实验室照片，和日冕仪记录的胶片，两者都显示这个日珥非常巨大，长达75万千米。在佩尔克斯看来，日珥形态像极了一只上古怪物，长着一对烈焰长颚。但除了佩尔克斯，没有人对这种动物化比拟感兴趣。灯一亮，甘歆、普宁、朗格纳和另一位天文学家就展开了热烈讨论，他们双眼放光，耳朵里只听得进科学术语了。当有人提到自己还没吃午饭时，这群人下了楼，回到餐室兼休息室里继续讨论，饭桌一清理干净，他们就随手拿起餐巾纸，疯狂计算起来。

普宁博士注意到佩尔克斯无法融入众人的专业讨论，便邀请他到自己的房间去。房间很小，但有一扇大窗户，可远眺东侧连绵的山丘。一个低悬在月空中的太阳，像地狱之门一样张开着巨口，在幢幢乱石之后，投下交错叠加的悠长暗影。每一块巨石后面，都拖着一道长长黑影，仿佛幻化成了一个个地狱般的漆黑竖井，直通向月球内部。从一个漆黑国度里，冒出无数黑色尖峰、斜塔、尖塔和方尖碑，仿佛燎原的烈火，被瞬间凝固，化成了无数黑色石头。这一大片纠缠不清的混乱黑影，让人目眩神迷，唯有那些散乱分布的圆形小黑坑，仿佛一个个盛满阴影的空洞眼窝，让人略感安慰，这些实际上是一颗颗微小流星撞击形成的迷你陨石坑。

这番奇观真是前所未见。佩尔克斯曾数次登上月球，在整个谈话过程中，他特意六次提起自己丰富的登月经验，但他从未在一天中的这个时间点——日落前9小时造访月球。他和普宁作伴，交谈了好一阵。普宁坚持称他为“我的同行”和“我的朋友”，佩尔克斯也只好穷尽各种修辞手段，以避免直呼其名。这位俄国人收集了许多精彩的登山照片，那是他和甘歆以及另外三位同事，在回地球短暂休假期间，去攀登高山时拍摄的。

他们曾试图创造“月球攀登”这个短语，但没能流行起来，“月球阿尔卑斯山”这个词，只会让地球人纳闷。

在被宇航学院录取之前，佩尔克斯就是一名狂热的登山爱好者，他发现普宁简直就是自己的知音。他问：在月球上登山，与在地球上登山有什么不同？

“一般来说，”普宁说，“月球登山，采用和地球上相同的攀登技术。月球上没有冰，只在很深的岩缝里存在极少量的冰。当然，月球上也不会下雪。这让攀爬看起来变得很容易。更有欺骗性的是，你可以从30米高的地方摔下来，而不受重伤。但永远不要被这种想法蒙蔽。”

佩尔克斯困惑地问："这是为什么呢？"

"缺乏大气。"普宁解释说，"无论在月球表面工作过多久，你都无法准确判断距离，即使带着测距仪也不行——再说，谁登山时会随身带上一台测距仪呢？事情是这样的：你爬上一座山峰，望着脚下的悬崖，认定只有50米高。也许真的是50米，但也可能是250米，甚至500米。我记得有一次，嗯，你还记得那句老话吗：一旦你觉得自己会跌倒，你就迟早会跌倒。在地球上，就算摔断骨头，也会愈合。在这里，头盔一个磕碰，面罩破裂，一切就都结束了。所以千万记住。在月球上爬山，其实和在地球上爬山差不多，该怎么攀爬就怎么攀爬。只有一个例外：穿越峡谷时一定要当心。即使峡谷宽度看起来只有10米，换算成地球重力，相当于1.5米。你扔一块石头，石头轻轻松松就能飞越过去。但我建议，我诚挚地建议：千万不要跳过去。因为一旦你一蹦就能跳过20米，你就会麻痹大意，再陡峭的悬崖，再高耸的山峰，你都会跃跃欲试。记住，这里可没有山地救援机构……"

佩尔克斯询问门捷列夫天文站的情况：为什么建在最高的山脊附近，而不是谷底？去门捷列夫站，要走一段很崎岖的山路吗？

"不，并不崎岖。只在那条大岩缝周围，滑坡比较严重，有些地点露出了下面的岩层——你瞧，这段路面，被山体滑坡彻底毁损了。如果此刻我再对选址进行指摘，就太不得体了，尤其在发生了这场悲剧之后……但你肯定在报纸上读到过。"

佩尔克斯尴尬得脸红了，咕哝说当时考试有考到。普宁微笑了一下，然后语气变得严肃起来。

“嗯，首先……月球已经国际化了；每个国家都划定了各自的科学研究区域——例如，这个半球属于我们。当发现范·艾伦带[1]干扰了朝向地球那一面的宇宙辐射时，英国人请求允许他们在我们的半球建立一个天文站。我们同意了。因为我们在门捷列夫环形山建有自己的天文站，所以我们建议，他们可以接管我们的天文站，只需补偿一定量的物资即可。他们接受了，但随后把项目交给了加拿大人。不管英国人还是加拿大人，对我们来说都一样。由于我们已经对该地区进行了初步地形调查，我们小组中的阿尼姆切夫教授被邀请加入加拿大规划团队，作为当地地形顾问。这时我们得知，英国人想回来参与这个项目。英国人派了一个叫山纳的人，山纳建议说，环形山底部的二次辐射，可能会对未来研究产生不利影响。我们的专家不同意，但这时英国人已决定建造他们自己的天文站，并把站址选在山脊附近。成本飞涨，加拿大人同意买单。但那不关我们的事，我们不会到处偷看别人口袋里装了多少钱。”

“总之，一旦选定站址，道路勘测也就跟着完成了。阿尼姆切夫向我们透露，英国人计划沿着规划路线，在峡谷上架起混凝土高架桥，但加拿大人拒绝了这个计划，因为成本太高，是最初预算的两倍。他们决定用定向爆破，在门捷列夫环形山的山坡上炸出两条通道。我警告过他们，这可能会破坏玄武岩晶体核心的平衡，但他们不听。我们能怎么办呢？要知道，他们又不是孩子。我们拥有丰富的月球建设经验，但我们想，要

1 即范·艾伦辐射带，是一个高能带电粒子的区域，其中大部分粒子来自太阳风，被行星的磁层捕获并环绕在该行星周围。

是他们不听，也不能强迫他们接受我们的建议。阿尼姆切夫投了反对票，但无力阻止他们的胡闹。接着他们开始爆破。简直错上加错，蠢上加蠢。英国人建了三道滑坡屏障，建起了天文站，并引入了履带式运输工具。到目前为止，一切顺利。但是，天文站投入使用还不到三个月，就在太阳峡正下方，在山脊的西侧山口，人工浇筑的突出部分的底部，开始出现裂缝……”

普宁站起身，打开书桌抽屉，拿出几张大照片。

“瞧，”他指着裂缝说，“你现在看到的这些裂缝，曾经是一堵1.5千米长的墙。这条红线描出了整个路线，塌方路段的长度大概占三分之一。加拿大人率先发出警报，阿尼姆切夫仍在充当顾问，试图让他们认识到自己的失误，他告诉他们：‘瞧，昼夜温差有300摄氏度。裂缝肯定会扩大。没用的，你根本支撑不住一条1.5千米长的墙体！关闭这条路，既然天文站已经建好了，就建一条电动铁路吧。’嗯，他们开始召集专家，英国的、加拿大的……简直是一场闹剧。那些和阿尼姆切夫观点相同的人，脚跟还没站稳就被赶走了。剩下的人，都建议灌水泥。行吧，就这么干吧。他们开始往裂缝里灌注水泥。他们灌注水泥，建立撑架，他们不停地灌注更多的水泥，建立更多的撑架，因为白天刚浇筑好，晚上必然开裂。整个通道越来越臃肿，整个鼓了起来，但还好墙体算是撑住了。为了防止更严重的滑坡，他们又搞了一个楔子加固系统。这时，阿尼姆切夫告诉他们：‘当整个墙都快要坍塌时，会频繁发生滑坡！’”

“可怜的阿尼姆切夫。他急火攻心，越来越憔悴。他简直要疯了。他能预见灾难，却无力回天。当然，英国人也有顶尖专家。但是，你瞧，这已经不再是一个技术问题，不再是一个月球学的学术问题。英国人的国际声望岌岌可危！这条路是他们执意要修的，要是半道放弃，那可就糟了。阿尼姆切夫抗议了无数次，最终只能辞职。我们后来听说，关于如何处理这堵墙，英国人和加拿大人曾经争吵过。这堵墙的肩部有两个隆起，被称为'鹰翼'。加拿大人都赞成炸掉这两处'鹰翼'。他们说：把这条路拆掉，再建一条更安全的路吧。英国人不喜欢这个主意。要知道，炸掉它，可能也只是一厢情愿。阿尼姆切夫估计需要600万吨TNT当量的氢弹爆破作业，而《联合国宪章》明文规定，禁止使用放射性物质作为炸药……嗯，他们一直争吵，终于有一天，墙真的塌了……英国人写道，这都是加拿大人的错，因为加拿大人拒绝了自己最初的提议——建设一条混凝土高架桥……"

普宁拿出一张放大的大岩缝照片：标了黑点的地方，表示滑坡摧毁了该处的道路及其撑架。

"在白天，只要沿着我之前提到的那几处暴露岩层，来回穿插几次，理论上可以走到天文站，但在晚上几乎不可能。要知道，我们并不是在地球上……"

佩尔克斯表示理解，俄国人指的是，月球陷入长夜的那一面，并没有地球上那种明亮月光。

"红外设备能用吗？"

普宁咧嘴一笑。

"你是说红外线目镜？但是，我的朋友，太阳落山后一小时内，地表温度就会降至零下160摄氏度，周围一片冰冷，哪里还能红外成像呢？理论上，我猜测，雷达可能有用，但你试过戴着雷达镜爬山吗？”

佩尔克斯承认自己没试过。

“我也不建议你这么做。这算得上是一种极其复杂的自杀方式。雷达在平地上用没问题，但在复杂地形中，就行不通了——”

这时，朗格纳和甘歆教授走了进来：该走了。还有30分钟飞行和2小时徒步旅行，距离日落只有7小时了。只有？佩尔克斯暗想，7小时对他来说倒是挺长的。

普宁博士坚持要陪他们一起去门捷列夫天文站。客人们礼貌地表示异议，说完全不必如此烦劳，但主人们对此异议只是耸耸肩。在准备离开时，甘歆询问他们是否有信息要传回地球，这是最后的机会：一旦跨过明暗界限，所有无线电通讯都将被中断。

佩尔克斯很想给马特斯的妹妹发一封“来自远方的问候”，但又鼓不起足够的勇气。他们谢过主人，下到气闸室门口，俄国人又坚持要护送他们上飞船。这时佩尔克斯终于忍不住了，开始抱怨自己的宇航服。俄国人表示可以提供一套俄式宇航服，佩尔克斯欣然同意交换，把那身不合身的中号宇航服留下，挂在了齐奥尔科夫斯基站的气闸室里。

俄式宇航服有多处非常规的创新设计。首先，头盔上有三块而不是两块遮阳板：一块遮蔽高处的阳光，一块遮蔽低处平射的阳光，还有一块暗橙色板，用来遮挡灰尘；其次，空气阀的布置不同；再次，靴子是充气的，可以缓冲岩石的撞击，即使最滑的路面也不会打滑。被他们叫作“高山型”的宇航服，连配色也很古怪：后面是黑色，前面是银色。黑色半边正对着太阳时，你会出一身汗；银色半边正对着太阳时，阳光被反射，就能享受到一种美妙的清凉。

佩尔克斯发现这个设计有一个根本缺陷：人在行进时，不可能总是面朝太阳。要是太阳照着他的背部，那该怎么办？倒退着走？

其他人都哈哈笑起来，指给他看胸前一个颜色切换器。转一下旋钮，颜色就可以切换：前面变成了黑色，后面变成了银色，反之亦然。这机制很有趣。宇航服外层是一层抗撕裂的透明尼龙织物；最外层织物构造出一层薄薄的气囊，里面注满两种染料，确切地说，是半液态物质——一种是铝化合物，另一种是碳化合物。驱动染料流动的压力来自空气呼吸器。

是时候动身前往发射台了。之前进站时，一路上太阳光耀眼，眼睛几乎处于半瞎状态，佩尔克斯没能看清气闸室里的布局。现在他有机会观察到，有一堵墙和活塞一样，能前后移动。“这样的好处是，”普宁回答了他的疑问，“无论多少人同时进出气闸室，活动墙壁都可以调节空间大小，把空气损失降低到最少。”听了这话，佩尔克斯感到一阵嫉妒：相比之下，学院里的教学用气闸室就像一个粗笨的铁盒子，至少落后了五年。技术上落后五年，相当于落后一整个时代。

天空中的太阳，仍挂在相同的高度。第一次穿充气靴子走路，感觉挺奇怪，有点像在空中漂浮，但走到飞船边时，这种新鲜感已经消失了。

甘歆教授和佩尔克斯碰了碰头盔，大声说了几句道别的话，接着是一阵隔着沉重手套的热烈握手。三个人跟着飞行员进了船腹，众人在腹舱室内走动时，地板有轻微的震颤。

飞行员等其他人走到安全距离，才启动发动机。佩尔克斯的宇航服里回荡起一阵沉闷的隆隆声。起飞过程中重力陡然增加，但他们并没有任何不适。群星在舷窗外摇摆，那片布满乱石的荒野往窗下一沉，从视野中消失了。

他们飞得很低。唯一能看到地面的人是飞行员，佩尔克斯双眼紧盯着下方稍纵即逝的风景。船头向上转过90°之后，便如直升机般开始垂直下降，发动机轰鸣声和船体微颤，是快速降落的唯一迹象。

“准备着陆！”佩尔克斯分不清，耳机里的这个声音，是飞行员通过机上无线电传来的喊声，还是普宁在他耳边喊了一嗓子。他们的座位向后一倾。佩尔克斯深吸一口气，感觉自己突然变得很轻，不由自主地向上浮去，他赶紧抓住扶手。飞行员猛地刹车；火箭尖叫着喷射出一大团火焰；炽热尾焰舔舐着飞船外壁；重力猛然增加，又迅速减弱了……佩尔克斯听到两声低沉的撞击声。他们已着陆。紧接着，意想不到的事情发生了：飞船开始摇摆起来，三条昆虫般的钢腿上下摆动，突然向一边倾斜，伴随着一阵石头翻滚的哗啦声，开始滑下山坡……我们要坠翻了！佩尔克斯暗想。但他倒也并不惊慌，一种乐观本能支撑着他。另外两个人一动不动地躺着。发动机关闭了。他立刻明白了飞行员的困境：飞船跛着腿，正随着碎石流磕磕碰碰地向下滑行，突然加大推力非但不能把撑脚抬起，反而会绊到其中一条撑脚，导致飞船歪倒，或着撞向下方的碎岩。

渐渐地，飞船撑脚下的岩石碰撞声和摩擦声减弱了。咔嗒几声响，碎石坡终于抵住了伸缩撑腿的重压，不再滑塌，火箭以倾斜10°的姿态稳定了下来。

飞行员从甲板舱口爬了上来，身子还有点僵硬，忙不迭地道歉。他说，地貌发生了变化，北边沟壑又发生了山体滑坡……他把飞船降落在一片碎石地上，靠近那道人工墙，这样能少走很多路。

普宁评价道：抄近路抄得挺好。环形山谷的熔岩层不适合飞船起降。而且，的确应该避免任何不必要的风险。

简短交流之后，飞行员让众人下了飞船。他们鱼贯穿过气闸室，爬下梯子，踏上了碎石地面。

飞行员留在飞船上，等待普宁回来。三人开始出发前往门捷列夫站，高瘦的俄国人走在最前面。

在月球上，佩尔克斯一直感到宾至如归。但此刻，月球似乎变得不再友好了。与脚下的崎岖山径相比，齐奥尔科夫斯基站周围的平坦地形，就好比一条木板人行道。飞船极力伸展三条撑腿，有点歪斜地停在一大堆碎石中。三百步开外，就是门捷列夫山脊投下的阴影。太阳缩成了黑色天空中一道炽热裂口，光线从背面照射山脊，峰顶白光流溢，岩石仿佛正在熔化。但那道从黑暗中竖直拔起的绵延山脊，平均1 000米高，最高处甚至有2 000米，这可不是幻觉。碎石从各处山沟中滑落，抛撒在地势平坦、分布着深深裂隙的环形山谷底，形成一个个白色冲击锥；几处被浮尘笼罩的巨岩，标志着最近的塌方，塌方激起的浮尘要过好几个小时才能沉淀下来。环形山底部是一层布满裂隙的熔岩，上面同样覆盖着散发白光的浮尘。事实上，整个月球表面都布满了微小流星碎片——数百万年来，这些陨石雨持续撞击着月球表面。这条小径，其实算不上真正的路，只是一堆石块和石板堆砌而成，每一处都崎岖不平。小径两旁用两排铝桩做了标记，铝桩用水泥固定，桩顶有一个红色圆球。小径沿着斜坡蜿蜒向上，整面斜坡一半沐浴在阳光中，一半漆黑如银河虚空，一道挺拔山脊在黑暗中若隐若现，其宏伟程度远超阿尔卑斯山脉或喜马拉雅山脉。

月球的微弱引力，使山石呈现出可怖的恣意形状，仿佛一簇升腾的火焰中囚困住无数扭曲的怪物，并且经受岁月长久侵蚀而屹立不倒；这些形状是如此奇异，不管见识过多少遍，只要视线随着那些扭曲线条蜿蜒向上，迟早会迷失其中。偶尔一个磕碰，布满尘土的白色浮石就像肥皂泡一样升起，大块玄武岩以怪异的慢动作在半空掠过，悄无声息地落在下方的斜坡上，这些景象更增强了此情此景的不真实感。

沿着小径往前走几百步，岩石的颜色变了。玫瑰色的斑岩河床，勾勒出前方的峡谷。峡谷边缘，竖立着无数根十几米高的扁形石柱，三三两两紧密贴合在一起，脆弱地伫立着，只需轻轻一推，就会塌落下来，引发一场山崩地裂的新滑坡。

普宁从容地领着他们顺利穿过这片石柱林。他不时抬起太空靴在一块石板上踩一下；如果石板摇晃，他就停住观察一下，然后，要么径直往前走，要么绕过石板，凭借一些只有他自己能辨认的迹象，来判断石板是否能承受一个人的重量——松散石头磕碰发出的噶嗒声，这样的警告信号在月球上根本不存在。突然，他们刚经过的一个石柱颓然倒塌，滑落斜坡，一开始滑得很慢，简直像慢动作，然后在半坡一块巨石上冲撞了一下，引发了一场岩石和碎石的狂泄，激起一大团乳白色浮尘，笼罩了整片斜坡。这番景象近乎梦幻——巨石猛烈碰撞，却没有轰隆声；山体无声崩塌，连一丝震动都没有，多亏了脚上这双充气靴。当他们走到更高处的下一个急弯时，佩尔克斯才得以观察刚才那场大型山体滑坡的全貌——一大片塌落的碎石，积淀成了一湾静止的波浪。他不禁转过头，不安地扫视地平线，寻找那艘飞船；它安全地停在刚才降落之处，离他们有一两千米远，闪闪发光的船壳和三条巨大撑腿清晰可见。这只怪模怪样的“月球蜘蛛”的蹲伏之处，不久前也刚发生过山体滑坡，陡峭绝壁，瞬时塌陷成了一处宽敞平地。

当他们走近暗影地带时，普宁加快了脚步。之前，惴惴不安的佩尔克斯应付着脚下的崎岖，完全没有留意朗格纳。此刻，他简直要被这个小个子天体物理学家的稳健和敏捷惊呆了。

他们来到一个4米宽的小峡谷。佩尔克斯起跳太用力，他跳得过高，轻松飞越峡谷，在空中疯狂蹬着腿，足足飞越了8米，才落在对面的石头上。这放肆一跳，是佩尔克斯一时兴起，想嘲弄一下游客们在月球基地的那类小丑杂技。

他们走着走着，走进了阴暗区域。偶尔，一面被太阳光曝晒的崖壁，会用反射光打破黑暗，一片明亮光辉把三人和周围照亮。而摆脱短暂的强烈光亮，重新陷入浓重的阴暗时，他们会一阵目眩，看不见彼此。不久，月夜严寒来袭。佩尔克斯感到寒冷穿透了保温宇航服的层层阻隔，这寒冷，不是一根刺骨的尖刺，更像是一道沉默冰冷的暗影。温度极速下降20摄氏度，冻得宇航服的镀铝层瑟瑟微颤。当眼睛渐渐适应黑暗，佩尔克斯注意到铝桩顶上的球灯发出强烈红光，一点又一点红光沿着斜坡蜿蜒而上，消失在了顶处的光亮中，仿佛整个山坡铺设了一串红宝石项链。岩石嶙峋的锯齿状天际线上，陡然矗立起三座高高的悬崖，每一座悬崖上，都有一块搁架状的狭窄岩脊。他看得清清楚楚，那条铝桩链蜿蜒向上，直通向其中一个崖顶岩脊，但他知道那是错觉。（铝桩只延伸到天文站下方的一处断崖。）再往高处一些，门捷列夫山脊被一束几乎是水平方向射来的阳光掠过——仿佛一个无声的闪爆，耀眼炽光照亮了无数起伏的山岗和裂隙。

“天文站就在那边。”普宁的声音从耳机里传来。普宁指着那座山，他正跨在明暗界限之上，跨在昼与夜的分界之上。但隔着很多块巨岩，处于阳光之下的天文站又显得黑魆魆的，佩尔克斯什么也没发现。

“你看到老鹰了吗？那里是鹰头，你可以看到它的喙；那边，是翅膀。”

起初，佩尔克斯只看见一团光和影，接着，在阳光照耀的东边山脊上，一块钩状峭壁凸显了出来，应该离得很近，因为其轮廓非常清晰，未被尘雾遮掩。突然，他看到了老鹰。他们正在爬的这段墙体，就是翅膀的一部分；再往上就是鹰头，星空把它衬托得格外明显；那钩状峭壁就是它的喙。

他瞥了一眼手表。他们已经爬了40分钟了，还要爬1个小时。

在进入下一个阴影区域之前，普宁停下脚步，打开宇航服的空调。佩尔克斯揪住这个机会，问那个坍塌的路段在哪个方向。

“那边。”普宁指着下面说。

佩尔克斯只看到山脊上有一个巨大裂口，崩裂的山石在裂口下方铺展成一面布满巨石的圆锥形斜坡。

“那就是墙体倒塌的地方。”普宁说，指着天际线上一道深凹。“那边就是太阳峡。齐奥尔科夫斯基站的地震仪记录到了震动。我们估计，至少滑坡了半吨玄武岩——”

“等等，”佩尔克斯有点不知所措地打断他，“他们是怎么把补给品弄上去的？”

“等我们到了那儿，你就知道了。”俄国人说着又迈开了腿。

佩尔克斯跟在他身后，苦苦思索着这个谜题。他们把每升水，每一个氧气瓶都装进背包，背上山顶吗？不，不可能的。三人现在正以更快的速度前进。他们走过悬崖顶上最后一根铝桩。黑暗笼罩了一切。他们打开头灯，开始沿着山脊行进，三道光束在石峰间晃来晃去，山脊极窄处只有两掌宽，最宽处也不过容一个人双腿分开站立。他们沿着山脊缓缓移动，脚下微有棱起，但还算平坦。这粗糙不平的地面，走起来倒是一点也不滑脚。然而，一次失足，一次眩晕……

为什么还不绑安全绳？佩尔克斯有点纳闷。面前那一点灯光突然停了下来。普宁停下了脚步。

普宁说："系绳子。"

普宁把安全绳一端递给佩尔克斯，佩尔克斯把绳子穿过皮带扣，又把绳头递给朗格纳。佩尔克斯倚靠在一块巨石上，观察着这片区域。

环形山的内部平原一览无余，呈现出一幅纯澈的宁静画面：黑色熔岩峡谷，布满无数纵横交错的白色裂缝；平原中心那座低矮圆锥山，投下一道长长的黑影……

飞船在哪里？看不到任何踪迹。他们扬起的浮尘迹呢？难道是转了个急转弯？映入眼帘的只有一大片岩石盆地，低斜的阳光射过，照亮了大部分平地，并在无数个岩堆后面拖拽出一道道黑色阴影。反射着微光的细碎岩粉，勾勒出地形的起伏——在门捷列夫环形山中，分布着几百个陨石坑，从500米直径的巨坑，到肉眼几乎看不见的小凹点，到处坑坑洼洼。每一个陨石坑都是完美的圆形，有一个平缓的锥形外坡，还有一个更陡的汇向坑底的倒圆锥形内坡。大大小小、各种尺寸的陨石坑，在形状上极其相似，被包围在一个岩壁环绕、直径30千米的巨坑中。

这种既混沌又精确的布局，震撼了佩尔克斯的心灵：此种浪费，这番创造，遵循统一的设计原理，意味着数学公式般的完美形态，也意味着死亡的无政府状态。他抬头望向空中，太阳峡口仍在喷射出一股白光火焰。

随着太阳缓缓下落，在峡谷中，夜的黑墙又向后增长了几百步。山路一转，他们又走进了黑暗里，从200多千米深的黑暗中挣扎着冒出头的那座孤峰，向周围折射出一片浓淡不匀的光辉，抵消着阴暗的厚度，让黑暗也变得时而暗沉，时而朦胧。他们爬过一段岩屑坡，坡顶碎石已部分剥落，塌成了一个颇为陡峭的斜坡。一种奇怪的麻木感渐渐吞没了佩尔克斯，这种麻木，与其说是身体上的，不如说是精神上的，可能是由于他这一路神经一直高度紧张，也可能由于这一路的所见所闻：荒芜的月球、崎岖的高地、冰冷黑暗与炽热光亮频繁交替，以及这种无处不在、吞噬一切的寂静，让太空头盔里传来的人类声音显得那么遥远，那么格格不入，陌生得像一条浮游在马特洪峰顶的金鱼。

普宁绕过一处尖峰，突然全身发光，仿佛被大火吞噬。佩尔克斯还没明白过来，就被同一束太阳光迷眩了眼睛。他们来到了路的上段，这是山崩中唯一幸存下来的路段。

现在他们三人并排走着，把两副遮阳板都放了下来。

“我们快到了。”普宁说。

这条路确实可以通行。这条路是在岩石中凿成，或者说炸成的，从“鹰翼”之下一直延伸到山脊顶部。这处山顶的空间很开阔，是一个天然岩石盆地，中间蹲伏着一个低矮的鞍座形山丘。多亏了这个小盆地，即使滑坡发生后，天文站仍能得到补给。一艘装配特殊火箭发射器的货运飞船会飞过上空，将储物罐抛进小盆地中。虽然每次运输都会损失一部分物资，但由于装有极其坚固的装甲外壳，大多数储物罐都能承受冲击。在过去，在中央湾还没有建立起任何天文站之前，向远征队提供补给的唯一方式是“太空运输”。由于降落伞无法在无空气环境中展开，人们设计了由硬铝和钢制成的特殊防震罐。防震罐像炸弹一样被扔下去，由远征队员回收，他们发现，定点投放的防震罐会散落在一个1平方千米的区域内。许多年后的今天，这种防震罐再次得到了充分利用。

一条小径从山口一直延伸到山脊，一直延伸到鹰头峰的北峰；在北峰下方300米处，那个闪闪发光的圆顶就是天文站。只见陡峭斜坡上用许多巨石堆垒出一个半圆形平台，气泡状圆形天文站就这样被强行嵌入悬崖之中。入口处的混凝土平台上，也堆着几块这样的巨石。

“他们就不能找一个更好的地点吗？”佩尔克斯嚷道。

一条腿刚踏上平台的普宁停了下来。

“我还以为是阿尼姆切夫在说话呢。”他说。佩尔克斯从他的话音中觉察出一丝嘲讽之意。

普宁在日落前4小时独自返回飞船。但事实上，由于山脊遮挡了太阳光，他一出发就踏入了月夜，返回的路途，已被无法穿透的黑暗所遮蔽。朗格纳是多次月球探险的老手，他告诉佩尔克斯，这一路攀登遭遇的寒意，与入夜后一小时内袭来的严寒相比，根本不值一提，月岩中的太阳余温会迅速散失殆尽。

普宁承诺一回到飞船，就会通过无线电报一声平安。1小时20分钟后，天文站的无线电里传来一个声音——普宁的声音。他们只交谈了几句。他们匆忙起飞……降落地点情况很糟……飞船倾斜……撑脚被卡在碎石堆中……佩尔克斯和朗格纳拉开金属百叶窗，观看飞船升空——他们看不到起飞瞬间，一道山脊挡住了着陆点，但他们看到一条炽热火绳，穿透浓密的黑暗区域，船尾跟着一点红褐色辉光——那是被搅起的尘埃正反射着尾焰闪光。飞船如一根冒着烟的标枪，越爬越高，只见那根火绳变得越来越暗，颤抖不已，似乎越来越乏力——这是发动机全速运转时的正常脉动。他们的头越抬越高，只见一道火红轨迹笔直向上，深深铭刻在星空上，抵达一定高处后，直线缓缓倾斜，在地平线上空画出一道优雅弧线。

现在，只剩下他们两个人，呆站在黑暗中。刚才为了更好地观看发射，他们把灯关掉了。他们拉上百叶窗，交换了一下眼色。身穿法兰绒格子衬衫的朗格纳勉强挤出一抹微笑，微微佝偻着背，大步走到桌前，拿起书包，开始取出各种书籍。佩尔克斯背靠在一堵凹墙上，两腿分开站立，仿佛正乘坐在一个深空探测器里。他脑海里充斥着各种画面：月球基地，寒冷的地下室，狭窄的酒店走廊，电梯，蹦来跳去、交换玄武岩的游客；飞往齐奥尔科夫斯基站的航行，与俄国人的会面，排列在山脊和黑色天空之间的雷达望远镜的银色网格；普宁的讲解；第二段飞行旅程；最后那段奇异的徒步跋涉，冰冷黑暗与炽热光亮频繁交替，那些俯视他的深渊般的峡谷……天哪，短短几小时，居然经历了这么多事。之前，浩淼的时间一口吞噬下这些画面，现在这些印象重新涌现，让他目眩神迷。他把又热又干涩的眼皮闭上好一会儿才睁开。

朗格纳一丝不苟地整理着他的书，佩尔克斯第一次瞥见了这个人的内心。他按照门类，把书一本挨着一本摆在书架上，他的平静、悠闲，并不是所谓的知识分子式的呆气和迟钝。荒寂、隔绝的环境，并没有让他不安；他正充分利用这种远离喧嚣的环境。他是自愿来轮岗的，他丝毫不怀念地球，他的家就在这里，就在这些图谱、演算和宇宙图景中间；只要能满足对知识的渴望，任何地方他都能如鱼得水；他有他的人生目标。总而言之，佩尔克斯最不愿向他这样的人吐露自己的伟大浪漫梦想。佩尔克斯有点嫉妒他的自信满满，但这嫉妒在心间一闪即逝，因为他也觉察到，他们俩是完全不同类型的人。于是这两个无话可谈的人，将被迫在一起度过第一个晚上。接着是第二天、第二天晚上……

佩尔克斯打量着小屋里的摆设。弧面墙壁，有塑料泡沫垫层。天花板上有内嵌发光板。几幅印刷海报，点缀在摆满参考资料的书架上。一块小匾上刻着两栏名字：都是曾驻守此处的科学家。角落里堆满空氧气瓶，锡罐里装满五颜六色的矿物样品，还有两把绷有尼龙网布的轻便金属椅子。一张小桌子，一盏旋转台灯。透过门缝，他瞥见了无线电台室。

当朗格纳开始整理一个堆满底片的架子时，佩尔克斯绕过他，出了门，去探索其他房间。门外是一个小门厅，左边有一扇门通向厨房。正前方是气闸室的舱门，右边有两扇门，通向两个卧室小隔间。他打开自己卧室的门：一张床、一把折叠椅、一张折叠写字台，几个书架，此外别无他物。天花板以一定角度向墙根倾斜，像阁楼似的，但不是直线倾斜，而是弧线弯曲，以贴合天文站的弧形外壁。

他走回小门厅。气闸室的内舱门四角呈圆角，门边嵌有厚厚的硅橡胶条，起密封作用，门上有一个开关转轮和一盏小指示灯，灯亮，说明外舱门正打开着，气闸室处于真空状态。此刻灯是灭着的。他打开气闸室的内舱门，两盏灯自动亮起，室内是一个狭窄隔间，四壁全是金属墙，中间有一架垂直铁梯，梯子通向天花板上的外舱口。在第一节梯级下面，有一个粉笔画的人形轮廓，一部分被脚步踩糊了：这就是萨维奇的尸体被发现的地方。尸体曾经躺在那里，蜷腿侧身躺着，冻在粗糙的水泥板上，眼角和嘴角都有血迹。

佩尔克斯观察了一会儿那个模糊轮廓，退了出去。他正要关上密封门，头顶突然传来脚步声，他不禁把头向后一闪。是朗格纳，他爬上小门厅对面的梯子，进了天文观察室，在里面走来走去。佩尔克斯也爬上那个梯子，从地板上一个圆洞里探出头来，仔细查看了一番天文观察室内的设备：一架小型大炮般的带盖子的望远镜、天文观测仪、照相机，还有另外两件相当大的设备——一件是威尔逊云室；另一件是高压火花隙室，装有一个用来拍摄电离轨迹的辅助装置。

天文站是为监测宇宙辐射而设计，到处都是照相底板。装满底片的无数橙色包裹被夹在书中间、堆在书架下、塞在抽屉里、落在床边的地板上，甚至堆在厨房餐桌上。

这就是天文站的全部地上部分，地下还有深藏着的巨大水箱和氧气罐。

每个隔间上方都有一个二氧化碳测量仪和一个多孔通风口。空调系统悄无声息地吸入空气，净化掉二氧化碳，加入适量氧气，再把混合气体重新排放回舱室。佩尔克斯欢迎天文观察室传来的每一下脚步声，每一声撞击声。喧闹声一停止，寂静就会无限扩大，直到能听到自己血液的低语，就像在“疯狂浸泡”时一样清楚，不过泡在那个盐水盆里时，有一个明显的好处：他可以随时退出。

朗格纳从天文观察室走下来，开始做晚饭。他手脚麻利，非常能干，等佩尔克斯进来时，食物已摆好盘端上餐桌。“请把盐递给我。”“罐子里还有面包吗？”“明天我们得开一罐新的。”“喝茶还是咖啡？”以上就是他们的餐桌谈话——就目前而言，这正合佩尔克斯的意。这顿算什么饭？是这一天的第三顿，还是第四顿？还是算第二天的早餐？朗格纳说他要冲洗一些照片，就快步上楼去了，撇下佩尔克斯无事可做。

他突然明白了。他被送到这里只有一个原因：给朗格纳作伴。天体物理学？宇宙辐射？这都不是他的专长。朗格纳也不打算教他使用天体照相仪，帮他适应天文站的日常工作。不，他来这里，是因为他在“疯狂浸泡”中获得了班上最高分，是因为心理学家说他不会轻易发疯。于是，14个夜晚14个白天，被困在这个沙丁鱼罐头里，等待着谁也不清楚的变故，调查着谁也搞不清的疑案。

这个任务，不久前他还以为是能成就英雄伟业的美差，突然间暴露出了险恶的真面目：一片空白，毫无头绪。保护朗格纳和他自己？可要伤害他们的到底是什么？寻找线索？什么线索？没有人真的相信，他这样的笨蛋，会无意间获得某个被月球专家委员会忽略的重要线索。

他继续坐在桌旁，他知道有盘子要洗。他不得不珍惜自来水——水，这种珍贵商品被冻成冰块，运到月球，然后沿着一条2.5千米长的抛物线，落入天文站脚下的小盆地中。他们一滴水都不能浪费。

他仍然一动不动地坐着。当撑着脑袋的胳膊瘫落在桌边时，他甚至没有力气抬起手。从四面八方压在这钢壳上的酷热、荒凉、黑暗和寂静，让他心乱如麻。他揉了揉仿佛被沙子吹打而发烫的双眼，站起身，感觉自己的体重是正常体重的两倍。他清理餐桌，把脏盘子放进水池，拧开一道细水流，开始用温水冲洗盘子。他站在水池旁，翻动盘子，轻轻刷洗，刮掉油渍，一边面露微笑，回想着自己的白日梦。在这些梦中，他又回到了门捷列夫环形山半山腰的小径上，又回到了荒芜凄烈的月夜中。现在看来，这些梦是那么遥远，那么久远，那么不合时宜，他甚至不必为之感到羞耻。

朗格尔一如既往。不管你和他在一起待一年还是待一天，他的日程安排总是一成不变。他工作勤奋，但总是按部就班，气定神闲。他是一个没有任何恶习、怪癖或冲动的人。要知道，当你和另外一个人住在如此封闭的小空间里，最小的琐事都可能挑起摩擦。有人会不停地洗澡，或者因为不喜欢吃菠菜而剩一大堆菠菜罐头堆在墙角，或者无端发脾气，或者不刮胡子，或者不停地照镜子……但朗格纳不是那种人。他有什么吃什么，只为填饱肚子。他从不发牢骚或生闷气。轮到他洗盘子时，他就洗。问他什么，他就答什么。他既不孤僻，也不专横。而正是这种中立，不偏不倚的个性，开始让佩尔克斯腻味。第一晚的美好印象业已受损，那一晚的物理学家朗格纳，细致专心地把心爱的书籍排列在书架上，简直是一个安静谦逊的英雄主义的化身，一个美好高尚的奉献精神的化身。至少可以这么说，这个搭档，这位强制塞给他的伙伴，现在让佩尔克斯感到乏味，甚至无聊。倒不是说他对朗格纳的陪伴感到厌烦或恼怒。而是在这段时间里，他找到了别的事来打发时间，至少暂时如此。现在既然已熟悉环境，他便开始回顾案件中所有已知的事实。

山体滑坡发生时，该站刚刚运行了4个月。与人们预期的不同，滑坡不是发生在黎明或黄昏，而是在午后。完全没有任何预警，被称为“鹰翼”的悬壁，突然坍塌了四分之三。巧的是，就在同一天，天文站四名工作人员都被召集起来，去迎接运输车队。他们在近处亲眼目睹了这场无情的山崩。

随后的研究表明，插进“老鹰”主肋上的深入钻孔，确实震裂了岩体晶核，打破了构造稳定性。英国人把责任推给加拿大人，加拿大人又推给英国人，他们的相互忠诚，只表现在他们始终不听从阿尼姆切夫教授的建议。站在天文站前，离事故现场不到1英里的四名工作人员，描述了这堵让人眼花缭乱的长墙如何裂成两半，摧毁了由楔子和护墙组成的加固系统，碎石流冲毁道路，冲入下面的山谷，在接下来30个小时里，扬起的悬尘把整个盆地都化作了一片白色海洋。不断滚动旋转的碎石流主锋，凭借超强冲击力，短短几分钟就冲到了山谷的另一边。

有两辆运输车也被碎石流波及。一辆车正巧在一根大石柱旁，石柱倾倒，车立刻被一堆10米厚的碎石拍扁掩埋了。另一辆车已驶到路的上段，刚好躲过碎石流，但一块巨大碎石跳过最末端那段护墙，击中运输车，把车撞落到300米高的悬崖下。司机在最后一秒打开车舱门，跳到碎石崖坡上，一路滚落到了崖底。他成为这场灾难的唯一幸存者，但只比同伴多活了几个小时。对目击者们来说，那几个小时简直就是人间炼狱。司机是一个名叫罗格特的法裔加拿大人，他要么是没有昏迷，要么是后来又恢复了意识，开始用无线电求救，信号从漫天笼罩的尘云中传来。他的接收器受损，但发射器没有损坏。救援队根本没办法确定这名受伤者的位置。无线电波在无数巨石上反射，产生多重折射，根本不可能精确定位发射源。救援队员们在悬尘飞扬的巨石迷宫中进进出出，就像穿行在一座城市废墟中。由于岩石中含有硫化铁，也干扰了雷达探测。1小时后，另一场山体滑坡从太阳峡附近袭来，迫使他们停止了搜索。第二次滑坡虽然规模比第一次小，却预示着更多的局部小滑坡。除了等待，别无他法。他们就这样等待着，天文站里回荡着罗格特响亮而清晰的呼救声，他被困的那个小盆地，就像一个碟形信号放大器。3小时后，齐奥尔科夫斯基团队抵达，开着重型攀爬车驶进了尘雾中，但崎岖的碎石地面让车辆行进困难。因为月球重力只有地球重力的六分之一，碎石流冲刷过后，月球表面比地球地面更崎岖。救援队被派往那些攀爬车无法进入的区域，对整片废墟进行了三次排查。一名搜寻人员掉进了一处岩缝；他立即被转移到齐奥尔科夫斯基站并得到及时治疗，这才保住了性命。尽管遭遇这样的惊险，搜索仍在继续，罗格特的呼救声越来越微弱，但依然不绝。

5个小时后，呼救声消失了，但他们知道他仍然活着。每套宇航服除了一个语音发射器，还有一个微型自动传感器连接到呼吸器上。传感器通过电磁波将宇航员的每一次呼吸都传送回天文站，在站内的控制系统中，一个类似于“魔眼”的特殊跟踪装置，将电磁信号投影成一个绿色蝴蝶形的明亮光点，随着宇航员每一次呼吸，蝴蝶双翅会有节奏地扩张和收缩。发着绿色磷光的“蝴蝶”，表明失去知觉的罗格特仍在呼吸。脉冲越来越弱，越来越慢，但没有人离开无线电台室。人们挤在里面，无助而绝望地等待着不可避免的最终时刻。

罗格特继续呼吸了2个小时。最后，魔眼上的绿光闪烁了一下，永远地消逝了。大约30个小时后，他的尸体被发现，冻得像石头一样硬，血肉模糊，尸身和宇航服几乎融为一体。

之后人们又开辟了一条新路，就是佩尔克斯上山去天文站时走过的那条岩石小道。加拿大人已准备放弃这个项目，但他们坚持不懈的英国同事，用空投铁罐的办法，解决了补给问题。当时，加拿大人认为这不可行，拒绝了这个空投方案。

有关这次事故的消息流传开来，版本各式各样，而且常常相互矛盾，最终，喧闹声平息了下来，在人类与月球荒野斗争编年史上，又添了一个悲壮篇章。与此同时，天体物理学家们继续轮流驻守和管理这个天文站。6个月球日和6个月球夜过去了。就在这个经受了严酷考验的天文台，似乎已度过难关、迎接新生时，新的黎明降临，门捷列夫站的无线电台却没有回应齐奥尔科夫斯基站的呼叫。齐奥尔科夫斯基站再次派出一支营救队，或者更确切地说，一支侦察队。他们乘飞船到达，在滑坡的底部着陆。

当他们到达天文站时，太阳刚好悬在地平线，光线还没照进环形山底部。整个盆地都笼罩在一片黑暗之中，只有峰顶之下的天文站金属穹顶在闪闪发光。他们发现气闸室外舱门敞开着，在下面，在垂梯底部，萨维奇的尸体瘫倒在地板上，看起来像是从梯子上滑下来的。死因是头盔面罩被刺穿，窒息而死。后来在他手套内侧发现了微量月尘，这表明他正返回，而不是要离开天文站，尽管这些微尘很可能是前一次出门时沾染的。在对附近的峡谷和沟壑进行细致梳理之后，才发现了第二个加拿大人查利尔斯的尸体。救援人员用300米的长绳，把尸体从悬崖底部拖上来，此处离罗格特的死亡地点不到五十步。

无论他们如何重构事件顺序，都无法提出一个可信的假说。就在那时，一个英国和加拿大联合委员会决定进行现场调查。

调查发现，查利尔斯的表针停在了12点，但说不清究竟是中午还是午夜，而萨维奇的表针停在了2点。一位专家仔细检查了萨维奇的表，发现主发条曾经被上满；因此，表针指示的2点不一定就是萨维奇的死亡时间。

天文站里的一切都井井有条。站内日志只记录与天文观测相关的日程，对两人无法解释的突然死亡，根本无法提供一丝线索。佩尔克斯逐条细读了一遍。日志文辞简练。在某月某日进行了多久的天文观测，在如此这般的条件下，曝光了多少张底片……而那天晚上到底发生了什么，萨维奇和查利尔斯到底遭遇了什么，一丁点都没有提及，也无法推论出什么异常。不仅天文站的日常运作井然有序，而且所有证据都表明，两人都是猝死的。在一盏亮着的灯下，人们发现一本翻开的书，页边空白处有查利尔斯记下的笔记，书正面朝上，上面还压着一本书，防止书页翻动。一个烟斗侧翻在书旁，洒出一些烟灰在桌上，把胶木板桌面略微烧黄了一小块。而当时，萨维奇一直在做晚饭。在厨房里，他们找到了一个刚打开的易拉罐、一个装满煎蛋卷面糊的搅拌碗。在白色小餐桌上，摆放着两人份的餐具和几片不新鲜的面包。

委员会得出的结论是，其中一人撇下正在读的书，放下烟斗，仿佛只是想离开房间几分钟。另一个人正要开始煎蛋卷，突然就离开了，撇下一只刚抹了油的煎锅，甚至连冰箱门都懒得关上。两个人穿上宇航服，走进月夜。一起走出去的，还是分开走的？到底为什么？

这两个加拿大人在门捷列夫天文站驻扎的时间够长了，确切地说，有两个星期，他们已经熟悉周围的道路。当时离日出只有12个小时左右，那么问题自然而然地来了：假如是想去环形山底部，他们为什么不等到天亮呢？要知道，查利尔斯就是在黑暗中坠崖而死的。但查利尔斯和萨维奇一定都明白，顺着山坡下山，是一种疯狂举动。山体塌落成一个大洞之处，远在突然坍塌之前，这段墙就一直在缓慢而坚决地沉降。新修的道路向上绕过这处新凹谷，陡直向上走出一条直线，沿途用铝桩标记。每个人，甚至是首次到访天文站的人，都能意识到这段上坡路很危险。而身为长驻人员，查利尔斯本应更清楚这种危险，却试图穿行过这处陡峭悬崖。为什么？故意自杀？但是，一个执意要自杀的人，会不会撇下正在读的书，放下正在抽的烟斗，出门去轻松迎接必然的死亡？

还有萨维奇。萨维奇的面具被刺破，这怎么解释？他是要出站，还是回站？萨维奇发现查利尔斯不见了，出站去找他？还是说他们是一起离开的？如果是一起离开，他怎么会任由他摔下悬崖呢？

无数个谜团，无数种猜测。

唯一放错位置的东西是一包底片，用来记录宇宙辐射的那种特殊底片。那包底片躺在厨房桌子上，旁边是两片从包裹中散落出的一尘不染的底片。

委员会推演了事故当天的情形。当时，查利尔斯正在专心阅读，无意间瞥了一眼手表，发现已经11点了。按照日程安排，11点他应该去替换底片。底片被铺设在一口曝光专用的竖井里。出了天文站，沿斜坡往上走一百步，就是竖井。竖井开凿在岩石中，不大，也不太深，井壁镶有铅块，只允许天顶方向的垂直射线照射到底片上。这是一个例行任务，是天文站的众多任务之一。于是，查利尔斯放下书和烟斗，站起身，拿了一包新底片，穿好宇航服，穿过气闸，离开了天文站。他爬上井栏，爬下嵌在井中的梯子，换上新底片，然后拿着已曝光的底片，爬了出来。

在回来的路上，他绕了点远路。他的宇航服在坠落中严重受损，随后的检查显示，他的呼吸器并没有故障，排除了因缺氧而突然失忆的可能性。

委员会的成员们推测，查利尔斯一定是暂时性昏厥发作，因为他对地形太熟悉了，不可能拐错弯。他可能是突然头晕，一阵晕眩，失去了方向感——不管出于什么原因，他走错了方向。实际上，他走过天文站，沿着山坡继续向下走了100米，坠下了某处断崖。

萨维奇发现自己的搭档没有及时回来，一定心生警觉，正在做饭的他丢下锅碗，用无线电呼叫——后来发现发射机开着，频率设置为当地通信用的超短波。诚然，如果有人在无线电中断时，急于和齐奥尔科夫斯基电台取得联系，可能会预先调到超短波频道。但这被认为是极不可能的——第一，因为齐奥尔科夫斯基天文站的无线电台没有收到任何呼叫，无论是伴有杂音的失真呼叫，还是正常呼叫；第二，因为萨维奇和查利尔斯都知道，黎明时分干扰最严重，呼叫也没有用。他没能联系上查利尔斯，因为这时查利尔斯已经死了。萨维奇穿上宇航服，冲进黑暗中，去寻找他的搭档。

查利尔斯的反常沉默，莫名其妙的突然失踪，令萨维奇感到焦虑，情急之下，他一定陷入了恐慌。或者，更可能的情形是，因为萨维奇更有经验，他一定是在出站搜救查利尔斯时，暴露在不必要的危险中，不慎摔倒，摔碎了面罩。他伸手堵住漏气口，挣扎着回到天文站，爬上穹顶，但在他封住外舱门，进入气闸之前，氧气耗尽了，他下到悬梯的最后一节时，正好昏迷过去，栽倒下来。

佩尔克斯并不满意委员会提出的双重悲剧假说，他找出两人的心理档案，仔细研究起来。他特别关注查利尔斯的档案，因为根据委员会的说法，是查利尔斯的疏忽导致了他自己及其搭档的横死。35岁的查利尔斯是一位知名天体物理学家，也是一位成功的登山运动员。此人健康状况良好，无任何已知病史，平时也无头晕或其他慢性症状。在此之前，他不仅曾在月球正面工作，还是杂技体操俱乐部的创始成员之一——这是一项典型的月球运动，熟练者可以连做两个1 440°空翻，并扛起25人搭成的人塔。难道就是这个查利尔斯，走到离天文站100英尺远的某个地方，莫名其妙地突然头晕起来？这个人，即使已头晕目眩，或者虚弱得不能沿着最熟悉好走的路下山，也不至于非要绕道去那个悬崖边上走一遭，要知道，要想抵达滑坡中幸存的那段路，必须爬过天文站下方的巨石墙，更何况当时天文站还被笼罩在黑暗中？

还有一处细节，佩尔克斯以及其他好些人，并不认同官方报告书的观点。天文站里所有东西都放得井井有条，只有一个例外：厨房桌上的那些底片。假设查利尔斯的确上到曝光井，换好了底片，但并没有从悬崖上绕路，而是带着已曝光的底片，从通常路线直接回来了。那么，他为什么把底片随意丢在餐桌上呢？萨维奇当时在哪里？委员会推断，厨房里的底片是前一批的，一定是其中一位科学家不经意把它们遗留在了桌子上。然而，在查利尔斯的尸体上并没有发现任何底片，委员会认为是在致命坠落中遗失了——也就是说，这些底片可能从他宇航服口袋里滑出来，消失在崖坡斜面的某条裂缝中了，而在崖坡上这样的裂缝有上千条。

在佩尔克斯看来，这未免是在夸大事实以迎合假设。

他把心理档案塞回档案袋，又把档案袋塞进抽屉。他不再需要这叠纸了，他已把内容牢记在心。一种绝对确信的直觉告诉他，这条缺失的线索不能往心理学方向去追溯，死亡绝不是昏厥、眩晕或暂时昏迷引起的。他知道答案就在附近某个地方，在天文站的内部或者外部。带着这个想法，他开始一间一间地检查天文站内的房间，倒不是为了寻找线索，而是为了熟悉天文站的运作。他从容不迫地检查着，他有的是时间。从气闸室入手似乎很合理。首先是内舱门。这种类型的气闸室，通常都有一个同时控制内外舱门的联动装置，这次也不例外。该联动装置可以确保，当外舱门开启时，内舱门无法打开，这是为了防止两个舱门同时打开，造成漏气和泄压事故。作为一项额外预防措施，内舱门被设计为朝天文站内部打开，因此在紧急情况下，天文站内部气压会以近18吨的强压力，将舱门迅速关上，当然该系统远不是万无一失：如果一只手或一个物品，比如一个工具，被卡在内舱门和门框之间，就会引发爆炸式泄压。

为了应对更复杂的突发情况，无线电通信台上设有一个控制装置，持续监测着内舱门的启闭。当有人打开内舱门，进入站内时，控制台上的一个红灯会亮起，与此同时，与此人宇航服联通的绿色呼吸监控信号会自动解除。在一个跟踪屏幕的中心，镶着一个镍环电子眼，绿色呼吸监控信号就接入到这个电子眼中。电子眼里跳动着的“绿蝴蝶”，说明位于站外的那个工作人员呼吸正常；一条校准线标出该工作人员与电子眼的相对位置。雷达示波器接入了圆顶式雷达天线的扫描数据，以磷光轮廓实时显示天文站的周边环境。雷达示波器上每扫过一圈，电子管都会发出点点绿色荧光，一个穿着宇航服的人体，会形成一个相当明亮的光点。持续监测这个长长的翠绿色斑点，可在昏暗背景下绘制其运动轨迹。屏幕上半部分对应北峰下方的地形，下半部分对应包括悬崖区域在内的南区，夜间严禁进入。

远程呼吸监测系统和雷达跟踪系统各自独立运作。电子眼由连接在宇航服氧气入口阀上的信号发射器激活；电子眼的工作频率是近红外，雷达波束的工作频率是5毫米无线电波。

该系统只配备了一个跟踪器和一只电子眼，因为站规禁止两名工作人员同时离开天文站。留在天文站内的一名人员，必须时刻监控另一名出站人员，在紧急情况下迅速救援。

事实上，换底片是例行工作，而且费时很短，留守者只要打开无线电室的门，就能边做饭边观察电子眼信号的闪烁。在白天，两人还可以通过无线电保持联络。但在黎明前，天文站位于明暗界限的暗区，无线电频道被一片静电声淹没，语音通信会被中断。

佩尔克斯对追踪信号系统进行了实验。他打开舱门，红光一闪，那只翠绿色“眼睛”亮了起来，但蝴蝶信号仍处于休眠状态，在没有任何信号输入时，蝴蝶的两翅坍塌成了两根无精打采的线段。那道磷光在屏幕表面不停旋转，描绘出岩石的僵直轮廓：一群居住在荒芜石原上的“石头精灵”。磷光扫过，雷达示波器上没有出现闪烁不定的光脉冲，这与呼吸监视器相互佐证，说明此刻并无工作人员在站外逗留。

当朗格纳再次出去换底片时，佩尔克斯得以观察到监控系统的实际运行情况。

当朗格纳走进气闸室，关上身后的内舱门时，红色信号闪了一下，然后熄灭了。几分钟后，当朗格纳走出站外，蝴蝶翅膀开始抖动，随着天体物理学家以轻快步伐攀爬斜坡，抖动速度越来越快。宇航服形成的光脉冲信号，在跟踪光束每次扫过之后，都会驻留在屏幕上。突然，蝴蝶猛地一缩，屏幕一片空白，脉搏消失了，朗格纳下到了竖井里。佩尔克斯认为，这是防辐射干扰的镶铅井壁拦截了无线电波的传播。同时，主控制台上的深红色警报灯闪烁起来，监控屏幕上的地形图随之发生了变化。

这时，佩尔克斯明白了原因。雷达天线的栅格不断旋转，减少了倾斜角度，以便扫描越来越远的扇区。监控系统正在对“未知突变”做出反应：工作人员暂时脱离了电磁视野的覆盖范围。三四分钟后，蝴蝶翅膀又开始了扑扇，雷达重新找回了暂时丢失的监控目标。当朗格纳爬出竖井，开始返回天文站时，两套追踪系统再次记录起他的行踪。但深红色警报灯一直亮着，除非手动关闭，否则在自动关闭前会一直亮2个小时。自动关闭是为了防止监控系统在不经意间消耗太多的电池电力。

佩尔克斯越探究，越觉得天文站的运作系统其实并不复杂。朗格纳从未妨碍过他的实验。在朗格纳看来，委员会的报告似乎足以采信。他说："事故常有发生。"

“散落在餐桌上的底片？”针对佩尔克斯的反对，他又说，“底片没有任何意义。人在恐慌时会做出一些滑稽举动。逻辑是第一个遭抛弃的，比抛弃生命还快。当危难临头时，所有人都会陷入癫狂……”

佩尔克斯决定不再深究。

14天一晃就过去了，漫长月夜已接近尾声。尽管佩尔克斯一直侦查个不停，但并未发掘出什么有价值的线索。也许他遇到的，是那种只有百万分之一破案可能性的疑案……渐渐地，他开始给朗格纳打下手，参与底片替换任务——他总得想办法打发时间。他甚至学会了操作天体照相仪，他暗自抱怨，这个差事终于成了他的例行训练任务。两人开始轮流前往竖井替换底片。

他一直等待的黎明，终于来了。为了获取地球的新消息，他急切拨弄着无线电转盘，却只听得噼啪一声巨响，原来是太阳光线处于平射状态，一波高强度电磁波持续袭来。很快就到了早饭时间。早饭后有底片要冲洗。朗格纳发现了一个难得的介子衰变的清晰标本，坐在显微镜前仔细研究着。他把佩尔克斯叫到显微镜前，但佩尔克斯对原子核内的转化奇迹反应冷淡。摆弄了一小时天体照相仪，研究了一会儿星相……接着是午饭时间。朗格纳已经进了厨房，佩尔克斯从门口探进头来，说自己要出去一下。今天轮到佩尔克斯去替换底片。朗格纳正试图破译印在一盒脱水鸡蛋上的复杂食谱，他咕哝一句，让他快去快回，煎蛋卷十分钟后就能上桌。

佩尔克斯穿好宇航服，颈环上系上安全系带，手里拿上一袋新底片，打开厨房和无线电台室的门。他挤进气闸室，砰的一声关紧气密门，打开外舱门，爬到外面。出站后，他没有关紧外舱门，微微留了一条缝，因为他很快就会返回。

他被一片彻骨的黑暗包围，地球大气总是蕴含着微光，月球没有大气层，月夜的黑暗比地球上任何地方的暗夜都要深邃。他通过星星来判断方位：熟识的星座，稀疏散落在一片没有繁星的黑幕上，显得异常荒寂。他打开头灯，向竖井走去，一道微弱光束随着他的脚步有节奏地晃动着。他优雅地一甩腿，沉重的靴子就跨过了井栏。在月球上的轻盈感很容易把握，比适应地球重力要容易得多。他抓住竖梯最上面的梯杠，开始缓缓往下爬。

当他蹲下身，俯在底片架上，准备收取底片时，头灯闪烁了一下，熄灭了。他轻拍了一下头盔，灯又亮了。电线松了，他想。他刚开始收集底片，头灯闪了一下，又熄灭了。佩尔克斯在黑暗中思忖起来。他并不担心回程——他对这条路已烂熟于心。此外，天文站穹顶的两盏顶灯，一盏绿色，一盏蓝色，总能指引他。但在黑暗中走错一步，摔上一跤，就有可能压坏这些底片。头盔又挨了一拳，奏效了，灯又亮了。

他赶紧记下温度，把底片装进托架，但正当他要把托架装进底片箱时，该死的头灯又熄灭了。这一次，他把托架放在一旁，在头盔上一连敲了好几下。现在他发现了规律：当他站直时，灯可以正常点亮；他一弯腰，灯就灭了。于是，他蹲着时也尽量把背挺直——这是一个很尴尬的姿势。

最后，灯完全熄灭了。反正现在，他也不急着回站了，因为底片已被碰散了一地。他背靠在最低一节梯杠上，拧下了头灯外盖，把水银蒸气灯往插座深处推了推，又拧上盖子。灯又亮了，但不时闪烁一下，这故障时有发生，电线头有点松脱。他想尽办法，灯还是时亮时灭。最后，他失去了耐心，把玻璃外罩塞进口袋，迅速收起掉落在地的旧底片，在曝光架上摆满新底片，然后抓住梯子向上爬。

当他离井口还有半米时，眼前的亮度突然增强了，头顶似乎闪过另一束摇曳不定的光。他抬头一看，只看到井口那一小方布满繁星的星空。

是你的眼睛在捉弄你，他暗想。

他爬出井口，突然隐隐不安起来，他立刻发足狂奔，向坡下跑去。月球上那种长距离跳跃给人一种快速的错觉，实际上行进速度只有地球上的六分之一。他跑到穹顶之下，一只手刚抓住爬梯杠，就在这时，第二道亮光划破了黑暗。一道闪光！在南边！金属穹顶遮住了那道耀光本身，但没有遮住峰顶崖壁反射出的惨白光芒。那道光芒从黑暗中跃出，又迅速退落。他像猴子一样蹦蹦跳跳地攀到穹顶最高处。密得如墨的黑暗。他后悔自己没带信号枪。他打开无线电。滋啦！这该死的讨厌静电！他的目光落在外舱门上；门开着，说明朗格纳还在里面。

“你这笨蛋！闪光你个头！那是颗流星！你看到的只是一颗流星，正以宇宙速度撞在月球上！”

他向下爬进气闸室，把外舱门关紧，等气压达到每平方厘米0.8千克时，打开了内舱门。他边跑边解开头盔，冲进门厅。

“朗格纳！”

没人应答。他身上还穿着宇航服，径直冲进了厨房。他扫了一眼，里面没人。餐桌上已摆好两个人的餐盘，厨台上放着一碗煎蛋卷糊，烧得通红的炉子旁，搁着一只煎锅……

“朗格纳！”他声嘶力竭地大吼。他把还抓在手中的底片箱随手一扔，转头冲进了无线电台室。不在。他觉得去天文观察室找也是浪费时间。这么说来，他刚才看到的真是照明弹！是吗——是的，必须是！朗格纳！但他为什么要离开天文站呢？

然后，他看到了。那只绿色蝴蝶在跳动：朗格纳在外面——在呼吸，还活着。他看向雷达屏幕。追踪光束在屏幕最底部捕捉到了一个小小的锥形光脉冲。朗格纳正朝着那处悬崖前进！

佩尔克斯双眼紧盯着屏幕，对着麦克风尖叫："朗格纳！停下！停下！嘿，快回来！朗格纳，快停下！"

接收器里只传出一阵滋啦声。翠绿色翅膀颤动着——但呼吸节奏并不正常，显得缓慢、微弱，有时甚至停顿一会儿，表明呼吸可能正在衰竭。雷达上的光点已经抵达外围；位于坐标网格的底部，距离天文站约1.5千米，朗格纳很可能已走到太阳峡下某个突出的断崖顶上。然后光点停止了移动，跟踪光束每扫过一圈，闪烁的光点总是驻留在同一个地方。

也许他摔倒了。也许他躺在那里不省人事……

佩尔克斯冲进走廊。快！快到外面去！快他妈的进气闸室！他快步冲到气闸室门口。当他跑过厨房时，无意间瞥见饭桌上一个黑白相间的东西。散落在餐桌上的底片！同伴突然失踪，他惊慌失措，把底片箱随手扔在饭桌上……

他杵在气闸室门前，目瞪口呆，浑身僵冷。

整个过程就像回放，就像重演。朗格纳撇下做了一半的早饭，离开了天文站，我去追他，结果我们俩都没能活着回来。而外舱门就那样敞开着……几小时后齐奥尔科夫斯基站的俄国人会开始用无线电呼叫……但没有人应答……

一个声音喊道："快走，你这个傻瓜！你还在等什么？他就在那里！肯定是被山体滑坡困住了。你在这里什么都听不到，记得吗？他还活着，被卡在某个石头缝里，受了伤，但还活着，还在呼吸！拜托，你还在等什么？"

他没有动。突然，他转过身，冲进无线电台室，仔细检查雷达屏幕。还是老样子。现在，那只蝴蝶每隔四五分钟就有一次微弱的颤动；雷达上的光点仍在悬崖边缘盘旋。

他检查了天线的位置。它正处于最低角度，自动定位以获得最大探测距离。

他把脸凑近呼吸监视器，紧贴着屏幕，发现了一丝蹊跷。那只绿蝴蝶不仅有规律地伸缩着小翅膀；整体还在振动，像是呼吸脉动，但速度更快。不知怎么地，翅膀伸缩和整体振动似乎是同步的。这是朗格纳的垂死挣扎吗？抽搐？我的天哪，那个人在外面遇了险，快死了，而他，佩尔克斯所能做的，就是呆站着，耷拉着嘴巴，观察阴极射线管里的光斑形态，看出里面叠加着两种振动模式！也许纯粹是一时冲动，他突然一把抓住天线电缆，猛地一扯。这时，神奇的事情发生了：天线已断开，切断了任何输入，但绿蝴蝶仍然在继续跳动……

在这股盲目冲动的鼓动下，他又冲向控制台，插上天线电缆，调大了天线倾角。那个位于峡口下方的光点，开始向屏幕边缘漂移。雷达不断在更近范围内扫描这个区域，然后，突然，它发现了第二个光点，这个光点比第一个更大更强。另一个身穿宇航服的人！

一个人。它像人一样移动着。它慢慢地、从容地走下陡坡，绕过路上的障碍，一会儿向右，一会儿向左，径直向太阳峡口走去，走向另一个更远处的光点——另一个人？

佩尔克斯的眼珠都凸出来了。有两个点——一个在近处，正在移动；另一个在远处，静止着。门捷列夫科考站只有两个工作人员：朗格纳和他本人。但雷达显示有三个。不可能。仪器一定在撒谎。

很快，佩尔克斯就带上信号枪和信号弹，进了气闸室。一分钟后，他已站上穹顶顶端，以最快的速度装弹，朝太阳峡方向射出了第一颗信号弹。自动退出热弹壳时枪稍微有点卡，信号枪的沉重枪托在他手里猛地一沉。没有爆炸声，没有砰的一声巨响，佩尔克斯只感到手上传来一股轻微后坐力，天上爆开一朵炽热的花，一阵灿烂的绿光，接着一阵紫色的眩光；他不分青红皂白地接连射击，对信号颜色毫不挑剔。终于，从浓密黑暗中传来了回应——一颗橙色星星在他头顶炸开，向他洒下一片彩虹色的火星。接着又是一颗亮星，这颗是藏红金色……

佩尔克斯不停鸣枪，朗格纳也给予回应。两个鸣枪者慢慢彼此靠拢。不一会儿，佩尔克斯看到黑暗中冒出一个男人的身影，在五彩光华映衬下，身形显得颇为怪异。佩尔克斯突然全身一软，一阵头晕目眩。他从头到脚都被汗湿透了。他浑身湿漉漉的，仿佛刚爬出浴缸，手里还攥着信号枪。他膝盖一软，坐倒在穹顶上，双腿耷拉进敞开的外舱门里，呼吸急促地等待着他的搭档。

事情是这样的。在佩尔克斯出站后，朗格纳一直埋头琢磨蛋粉食谱，以至过了好一会儿，确切有几分钟他也记不清了，他才想起来，抬头瞄了一眼隔壁房间的监视显示器。很明显，他查看的那一刻，佩尔克斯正在摆弄头灯。由于佩尔克斯长时间脱离雷达的扫描范围，伺服机制便逐渐减小天线仰角，直到极化波束扫到太阳峡底部。当屏幕上出现一个光点时，朗格纳自然而然认为这代表一件宇航服，由于佩尔克斯不在站内，电子魔眼中的“绿蝴蝶”此刻又只有微弱的颤动，这证实了他的猜测。不管外面是谁——他知道一定是佩尔克斯——不是失去知觉就是快要窒息了。朗格纳立刻穿上衣服，走了出去。

实际上，雷达发现的是一根铝桩，就是悬崖顶上离天文站最近的那根。正是因为那只电子眼的信号形态，与雷达显示的信号位置相互印证，才让朗格纳上了当。

报纸后来报道说，电子眼和雷达跟踪系统，由同一个电子脑控制。在罗格特遇难时，电子脑记录下这个加拿大人的呼吸模式，储存在记忆卡里，一旦输入相同的地点数据，电子脑就会重现相同模式的振动信号。实际上，这种现象是“条件反射”的结果。

还有一个更简单的解释。天文站的监控系统不是由电子脑控制，而是由一台自动定序仪控制。这种痉挛性呼吸模式，其实起因于一个简单的电路故障——在这个疑案中，当外舱门无意中未关紧时，冷凝器过载熔断，产生一个高压脉冲，回荡在电路中，进而引发电子眼中绿蝴蝶的“振动”。乍一看，这振动模式似乎挺像一个垂死之人的呼吸模式；但仔细观察就会发现，这其实只是一个小小的电路故障。

朗格纳被引诱到悬崖上，因为他错误地认为，佩尔克斯被困在了悬崖上。他在黑暗中用头灯照明，必要时还发射照明弹来照亮路途。这就解释了佩尔克斯爬出矿井时看到的两道亮光。幸好，只隔了不到五分钟，佩尔克斯就爬上天文站穹顶，不断发射信号弹，引起了朗格纳的注意。这场误会就此得以收场。

就查利尔斯和萨维奇而言，事件发生的顺序有些不同。萨维奇可能也曾呼叫查利尔斯尽快回站，就像朗格纳呼叫佩尔克斯一样。不过，查利尔斯可能沉迷阅读，忘了时间，出站去替换底片时，已经晚点了。不管什么原因，他忘了关舱门。但机械故障本身并不足以导致死亡。还需要一些别的东西，一些纯粹偶然的、巧合的因素。一定有什么东西让查利尔斯在竖井里分了心，以至于无线电天线的倾斜度随着扫描范围扩大而增大，雷达捕捉到了悬崖上的那根铝桩。

是什么分散了他的注意力？这将永远是一个不解之谜。头灯故障？可能性不大。但肯定有什么事情让他耽搁了，在此期间，那个致命光点闪现了，被萨维奇以及后来的朗格纳误会，误以为是宇航服发出的呼吸监控信号。随后的测试证实，延误时间至少达到13分钟，才会导致致命光点闪现。

萨维奇已经下到悬崖去找查利尔斯了。查利尔斯从竖井里回来，发现天文站空无一人，然后他看到了佩尔克斯后来也看到的那个致命光点，这促使他出去寻找萨维奇。萨维奇可能一路跑到太阳峡，意识到那个光点是铝桩的反射，但在回来路上，他不慎摔倒，头盔面罩被磕破了一个洞。或者他并没有察觉自己上当，但他急于寻找查利尔斯，被光点诱骗到一处危险地形中，不慎摔倒。他遇难的确切经过，从未被查明。但总之，这两个加拿大人遭遇了不测。

从逻辑上讲，事故一定发生在黎明前后。因为如果不是黎明时平射而来的巨量太阳辐射粒子导致无线电中断，留守人员不用离开厨房，就可以和出站人员保持无线电通话。匆忙也一定是因素之一，因为只有当外舱门未被密闭时，才会导致冷凝器熔断，发生电路故障。此外，一个习惯赶时间的人，也更容易因为过于匆忙，反而浪费时间，他可能会失手撒落一包底片，或者踢翻底片架……此外，雷达光点太过模糊，指示性太差，以至于2 000米外的一根铝桩，会被误认为是一身宇航服。所有这些因素综合在一起，使得这样的悲剧不仅可能发生，而且很可能发生。最后一点，当时，站内那个人肯定在厨房里，或者别的什么地方，但肯定不在无线电台室，否则他可以观察到伙伴进入了曝光井，绝对不会把凭空出现的南部边缘的第二个光点误认作宇航服发出的定位信号。

查利尔斯的尸体，在罗格特死亡地点附近被发现，这并非巧合。查利尔斯正好掉落在铝桩正下方的崖底，而铝桩被插在那里，正是为了警告此处曾有人丧生。查利尔斯显然是被雷达信号引导到那个方向的。

导致疑案的技术原因，非常简单直接，甚至可说是微不足道。所需的只是一系列巧合，以及一些辅助因素，比如无线电干扰，气闸外舱门未关严。

更值得注意的是心理因素。当监控设备在并没有任何输入信号时，把电路中的电压振荡显示为一只“呼吸”、跳动的绿蝴蝶；当雷达屏幕投射出一个差不多大小的模糊光点，先是萨维奇，后是查利尔斯，两人都迅速认为这两个视觉信号都是可靠的，认为对方正处于致命危险之中。佩尔克斯和朗格纳遭遇的情况，也是如此。

对于熟悉罗格特死亡细节的人来说，这样的反应是很自然的，电子眼把垂死之人经受的漫长而痛苦的折磨，通过绿蝴蝶翅膀的振动形态，表现得淋漓尽致，戏份十足。

如果真如人们所说，这仅仅是一次“条件反射”，那么，它所反射的，并不是硬件故障造成的畸变电子信号，而是人类心中深藏的恐惧。他们两人——佩尔克斯和朗格纳——都不由自主地暗自猜疑，罗格特的命运可能会重演，他们中的一个人，会成为受害者。“现在我们已知晓了所有经过。”来自齐奥尔科夫斯基团队的控制论专家陶洛夫教授说，“告诉我们，佩尔克斯，是什么让你发现了谜底？你自己说过，你也说不清这其中的因果机制……”

“我也不知道。”佩尔克斯说。窗外是一长列白炽耀眼的山峰，点点尖峰如森森白骨，刺穿了厚厚的黑色苍穹。“也许是那些底片吧。我一看到散落在餐桌上的底片，就意识到我做了一个和查利尔斯一样的动作，把底片箱随手扔在餐桌上。那些底片，好吧，那可能是个巧合。但我们晚餐吃的是煎蛋饼——也和他们那天晚上吃的一样。巧合未免太多了；我觉得，这肯定不只是侥幸。是的，是煎蛋卷拯救了我们……”

“是的，”陶洛夫教授说，“外舱门没关严，的确是煎蛋卷的功劳，或者更确切地说，要归功于你急于赶回来吃早饭，所以把外舱门虚掩。在这两处细节上，你的直觉很敏锐。”他补充道：“如果你盲目相信监视系统，底片和煎蛋卷就救不了你了。”他停顿了一下，说：“一方面，我们别无选择，只能信任我们的技术。没有技术，我们永远不可能踏足月球。但有时，我们不得不为这种信任付出高昂代价。”

“没错。”朗格纳说着从椅子上站了起来，“但是，先生们，我必须讲述一下，我的这位同事的一个令我很惊讶的举动。那一晚，在悬崖边的一小段漫步，完全搅扰了我的食欲。但这位先生，”他把手搭在佩尔克斯肩上，“事后居然一个接一个不停吃蛋卷，劫后余生的我，只好不停翻动勺子，为他效劳。太令我诧异了！我是说，我一直以为他是个正经的、守规矩的家伙……”

“哈？！”佩尔克斯说道。

巡 航

在这个透明小盒子的底部，有一间袖珍红顶小屋，看起来就像覆盆子软糖一样美味。一抖盒子，从灌木丛里滚出来三只小猪，像三颗玫瑰红珍珠。盒子后墙画着一片森林，画得非常逼真。小猪们出现的同时，一只黑狼从森林边缘的窝洞里钻了出来，它那红线勾勒的锯齿状下巴，轻轻一震动就会上下咬合。狼径直向小猪们扑去。（这只狼很可能被磁化过。）现在，要想阻止一场大屠杀，出手必须稳健。诀窍是用小指轻敲盒子底部，让小猪们穿过门，进入小屋——顺便说一下，进这道门可不容易。这盒子还没一个化妆盒大，却足以让人消磨半辈子时间。但此刻身处零重力环境，这游戏根本玩不起来。佩尔克斯若有所思地盯着加速控制杆。只需轻轻一推，一丁点推力，就能获得足够重力，改变小猪们的命运——这可比一整天呆望虚渺太空要好。

遗憾的是，从恶狼口中救下三只玫瑰红小猪，这个理由还不足以启动反应堆，至少根据飞行规则，严厉禁止飞行员在太空中进行任何漫无目的的操作。这怎么能叫漫无目的呢！

佩尔克斯不情愿地把盒子塞回口袋。在他之前，其他飞行员也曾往飞船上夹带过更古怪的东西，这在长途巡航飞行任务中特别常见，比如佩尔克斯现在驾驶的这艘巡航飞船。曾有一段时间，基地飞行司令部对这种挥霍铀的做法嗤之以鼻，铀不仅用于驱动载人宇宙飞船，也用于驱动各种个人用品，诸如啄食面包屑的发条鸟、追逐机械胡蜂的自行大黄蜂、以及镶嵌象牙的镀镍中国拼图等玩具。到现在为止，这种夹带行为已司空见惯，大家已经忘了这种风气是怎么开始的。最初，应该是小阿曼在外出巡航前没收了他六岁儿子的玩具，把玩具带到基地，甚至飞船上。

这种欢乐岁月只持续了不到一年。一场意外突然降临——一艘飞船在出航之后，没能返航。

即使在之前风平浪静的时期，大家对执行巡航任务也满腹牢骚。大家都认为，只有得罪了指挥官的倒霉蛋，才会被分配“太空搜寻任务”。而佩尔克斯被分派到巡航任务时，却泰然处之。巡航就像麻疹，每个飞行员迟早都会染上一次。

然后，托马斯没能返航——胖乎乎的汤姆，穿16码鞋子，总喜欢插科打诨，他养了一群贵宾犬，当然是世界上最聪明的那种。他宇航服口袋里经常放着热狗和方糖，指挥官怀疑他偶尔会偷带那群贵宾犬上船，尽管托马斯极力宣称自己从没干过这种事。也许他是无辜的，但真相可能已永远消失在迷雾中。因为7月一个下午，托马斯执行了一次巡航任务，这是他最后一次巡航。除了爱狗，他也是个咖啡上瘾者，带了两保温瓶的咖啡上飞船，还把第三个装得满满的保温瓶留在飞行员房间里，以确保返航后，能第一时间喝上自己最喜欢的咖啡：一种混合了咖啡渣，加糖煮沸的个人特制咖啡。咖啡等了很久，都没能等到主人出现。起航后的第三天，通常的宽限期已过，晚上7点，托马斯的名字，孤零零地出现在控制室的黑板上。黑板这类东西都是过去的遗迹，只有年龄最大的老兵才能回忆起以前任务失败的情形，他们喜欢用那些可怕故事来吓唬年轻飞行员，比如在小行星撞击前15秒，系统才会发出警告，刚好够飞行员说再见——当然是通过无线电。但这类东西现已成为历史。控制室里的黑板通常空无一字，只是一个因文化惯性而永久保留的摆设。

晚上9点钟时，降落场还亮着灯。值班飞行员刚从控制塔出来，站在水泥跑道旁的草坪上，凝视着天空。这座控制塔被宣布为禁区。那天晚上，指挥官开车从城里回来，从记录罐里找出磁带，然后上楼去了，磁带上面记录着托马斯飞船上的自动发射器发回的信号。楼上是一个玻璃圆顶的天文台，黑色雷达天线正在天空中疯狂地不停旋转。

托马斯驾驶的是一艘小型单座AMU，补给机中队的军士长——一个公认的混蛋——赶紧向飞行员们保证，燃料量足够推动飞船绕着银河系飞一圈再飞回来。“去你的，你这坏家伙。”军士长转过身去的那一刻，有人低声嘀咕了一句。因为事实是，AMU上的氧气供应，只有5天的配给量，外加8小时应急储备，简直少得可怜，每个人都清楚这一点。随后，空间站80多名飞行员，连续4天搜索托马斯最后出没的分域，飞行时间总计近5 000小时。每次他们都空手而归，仿佛托马斯在太空中凭空蒸发了。

第二个消失的是威尔默，说实话，几乎没有人喜欢这家伙。这家伙虽说不上罪大恶极，却也是缺点多多。别人交谈时他总喜欢插嘴，不抢过话头绝不罢休。他笑起来傻乎乎的，总是在最不合适宜的时机咯咯一声傻笑，你越生气，他就笑得越大声。他时常不守规矩，毫无顾忌地把飞船降落在靠近着陆场的草坪上，把草皮、草根和表层土壤全都糟蹋掉，烧出一米深的大坑。但如果有飞行员误闯他的巡航分域，哪怕只有1毫秒差距，他都会立刻报告，向上级告发同僚。更别提其他一些恼人的坏习惯了，这些坏习惯和上述行为相比，简直微不足道，几乎不值一提，比如偷拿别人的毛巾擦身，只为了不弄脏自己的毛巾。然而，当威尔默没能返航后，他突然变成了基地的王子、大家的密友。雷达又一次疯狂旋转，飞行员们被安排24小时轮班，飞行管制员加班加点，人们轮流在墙边的一排长凳上打盹，晚餐被送到楼上；正在度假的指挥官乘专机飞回基地，下令执行为期四天的搜索任务。基地士气现已低落到极点，但凡在机身上找出一个松动铆钉，飞行员们就会把组装机械师的脑袋给敲扁。两个专家委员会成员来了，一艘AMU-16——威尔默驾驶的就是这种型号——被拆成一堆零件，但没发现任何残次部件。

尽管威尔默巡航的分域的体积高达1.6万亿立方千米，但被认为是一个相对平和的分域，没有受到任何小行星群或古老彗尾的冰块残留物的干扰，上一次彗星光顾此分域，还是几百年前。那个年代的彗星，在木星附近被"扰动磨"分解，彗核碎裂成无数冰块，抛撒在原先的运行轨道上。但这片分域几乎是空的，没有任何卫星或小行星，更没有小行星带。因为这个分域太"干净"了，根本没有人想去那里巡航。

即便如此，威尔默成了在此失踪的第二名飞行员。威尔默的记录磁带被反复播放无数遍，被复制、放大，并转发给研究所，得到的线索和托马斯那次一样多：毫无线索。断断续续的几声“嘀嗒”，然后就没了。自动发射机发送信号的间隔很短，平均每小时一次。托马斯一共发回11个信号；威尔默发回14个信号。加起来一共寥寥25个信号。

在第二名飞行员失踪后，指挥官立即采取了行动。首先，他命令把所有飞船从头到尾都检查一遍。原子反应堆、飞行控制系统、所有螺母螺丝一个都不放过；只要有一个表盘被刮花，就会被扣一周假期。自动信号发射机里的计时器必须换掉，仿佛一切都是计时器的错！现在要求巡航飞船每隔18分钟就用无线电汇报一次。如此严格可能并没有什么错，糟糕的是，两名高级军官从此驻守在了发射台，他们无情地没收飞行员的所有个人物品，从会啄食鸣叫的发条鸟、发条蝴蝶、发条蜜蜂，到各种各样考验技巧的游戏装置。一时间，指挥官的办公室成了一个储藏室，各种各样稀奇古怪的玩具都往里塞。基地里一些玩世不恭的飞行员暗地里说，指挥官总是锁着门，是在偷偷摆弄那些玩具。

有了这些阻碍，佩尔克斯把“三只小猪的小屋”夹带进AMU飞船的娴熟技巧，就更值得大家赞叹了。尽管他只获得了某种心理满足感，并未获得什么实际利益。巡航飞行已经磨蹭了9个小时。“磨蹭”这个词简直再恰当不过。佩尔克斯身穿宇航服，斜躺在宇航躺椅上，被安全带绑得严严实实，像木乃伊一样，只有胳膊和腿是自由的，他无精打采地盯着屏幕。有6个星期之久，出去巡航都是两艘飞船一组，相距300千米结伴飞行，之后，基地司令部决定恢复原先安排，舍弃这片虚空分域，这片分域本就空无一物，即使只派一艘巡航船也是多余。但为了不让星图上出现任何星际“空洞”，还是恢复了单人飞行。佩尔克斯此次任务，是团队飞行任务废弃后的第18次单人飞行任务。

由于无事可做，他开始在脑子里猜想托马斯和威尔默可能遭遇的危险。失踪飞行员的名字在基地已很少被提及，但单人巡航飞行期间的长期隔离，最有利于漫无目的的胡思乱想。他的飞行时间还不到3年——准确地说，是2年零4个月——他自认为已是一个老练行家了。尽管如此，这一次，他也开始对星空感到厌倦，但他已是最后一个宣扬这种厌倦的人。

巡航飞行常被比作在牙医诊所排队候诊，区别在于，在宇宙虚空中，牙医永远不会出现。群星永远静止不动，地球通常不可见。如果你极其幸运，在头两个小时里，你会看到一个瘀伤指甲上的小月牙那么大的地球，之后，地球也"泯然众星"，但会在星幕上做相对移动。飞行员都知道，盯着太阳看也不太可取。这种情形下，一块中国七巧板，或者烧脑游戏装置，就成了绝对必需品。

尽管如此，飞行员仍有责任把自己悬在一个由皮带组成的茧中，监视每一个屏幕，包括雷达屏幕和监控画面，检查反应堆的空转读数，并定期用无线电发回信号。确实，偶尔他也会收到求救信号——有一次甚至收到一个清晰的SOS信号！——从巡航分域的某个地点传来，他立刻加速前往；要是一年中能遇到两三次这类信号，对飞行员来说，简直是一种幸运。

在荒寂太空中漫游，飞行员脑子里会冒出无数幻想，这不足为奇。在地球居民看来，或者在搭乘飞船的普通乘客看来，这些幻想可能很邪恶，但实际上属于正常的心理反应。当你漫游在1.5万亿立方千米的宇宙分域中，连抽根烟都不被允许，想搞点事的欲望会被悄悄点燃，即使捅出天大的篓子也在所不惜。

在第172次巡航飞行中，佩尔克斯经历了各种各样的精神反应：困倦、没来由的生气、甚至阵发性精神恍惚……有一次还差点搞出一场远非无害的恶作剧。这会儿，他开始编造各种故事情节，这是他学生时代养成的癖好，其中一些情节越编越复杂，直到飞行结束前都没法收尾。但这有助于缓解无聊吗？一点也不。

当佩尔克斯冒险进入孤独沉思的迷宫后，他意识到，自己永远无法解开两个战友的失踪谜团。基地中军衔最高的专家们连续几个月绞尽脑汁，都没能解开。算了，他还是玩他的小猪游戏吧，这是一种同样闲散但肯定无害的消遣——要是他能操纵小猪跑起来就好了！但现在没有任何理由发动引擎，飞船正沿着一条椭圆轨道的平滑段匀速巡航，椭圆的焦点之一就是太阳。看来，小猪们要等到接近焦点时的变速转向阶段再跑起来了。

好吧，那么托马斯和威尔默到底遭遇了什么呢？

一个对载人航天飞行一无所知的外行，会猜想飞船遭遇了碰撞事故，比如小行星、宇宙尘埃云、彗尾，或一块飞船残骸。但这种碰撞发生的可能性，就像在繁忙街道中央找到一颗巨大钻石一样渺茫。事实上，统计数据显示，找到钻石的几率要大得多。

出于极度无聊，佩尔克斯开始向计算机中输入数据，建立方程式来计算碰撞概率。结果得到一长串数字，小数点后面许多个零，计算机不得不去掉最后18位小数，才在显示器上显示出这个数字。

再说了，该分域空无一物。没有彗尾，没有宇宙尘埃云——什么都没有。从理论上讲，一艘飞船残骸出现在此分域的可能性，和出现在宇宙其他分域的可能性一样高，但残骸要在亿万年之后才可能出现。但即使有飞船残骸拦路，托马斯和威尔默肯定也能观察到，距离250千米远，雷达就能探测到。假设残骸从太阳侧面飞来；小行星雷达也会在撞击前30秒发出警报。即使飞行员在警报响起时睡着了，自动控制也会触发偏航机动，而自动偏航控制系统，从未听闻发生过任何故障——此类故障可能会发生一次，但绝不会在几天内连续发生两次。

但其实，比起撞上小行星或彗尾，飞船本身机械结构的故障隐患，更加危险。即使AMU这么小的宇宙飞船，也由将近11.4万个主要部件组成，其中任何一个部件发生故障，都可能造成灾难性后果。次要部件的数量则超过100万个。但即使发生了致命事故，宇宙飞船也不会当场分解成以太。引用一句古老的宇航员格言，没有什么东西会在太空中凭空消失。扔出一个打火机，记下速度和方向，就能精确推算其运行轨迹，即使相隔几十万千米，只要你在正确时间出现在正确地点，一伸手，就能把打火机抓在手里。在太空中，一个物体会绕着另一个物体无限期旋转，这意味着，只要旋转时间足够长，宇宙飞船的残骸可能会出现在任何地点。宇航研究所的巨型计算机绘制了4 000多万条有史以来所有的失踪飞船可能采用的运行轨迹，每条轨迹都被地球上最强大的雷达跟踪设备发出的电磁波束探测过。情况就是这么个情况。

但这并不意味着，整个太阳系都被系统地全面探测过。浩瀚太空中一艘小小巡航飞船，甚至比地球上一颗微小原子更加显得渺小。尽管如此，基地还是派出飞行员继续搜寻那两艘失踪飞船——当然，前提是托马斯和威尔默没有偏离指定的巡航分域。但是，他们为什么要偏离巡航分域呢？他们没有收到任何无线电指令或遇险信号，也肯定没有和任何飞船残骸发生碰撞。

所有迹象都表明，托马斯和威尔默蒸发了，飞船连同飞行员，通通蒸发了，就像滴在滚烫烤架上的一滴水，蒸发得无影无踪。

一个稍有点想象力的外行，都不会像他那些更平庸的同类，急于把神秘失踪事件归咎于那些神秘外星生物，仿佛这些生物拥有令人敬畏的邪恶智慧，无时无刻不在太空中徘徊。

但是，在这个载人太空探索的蓬勃发展的时代，谁还相信所谓外星生物的存在？要知道，在已知宇宙领域中，人类从未遭遇过这样的生物。关于“外太空生物”的笑话数量，已远远超过太阳系的立方千米数。除了那些刚入伍的新飞行员（他们唯一的飞行经验，就是躺进悬挂在实验室天花板上的模拟躺椅里），没有人会在外星神秘生物身上押五分钱。就算在其他行星上可能有生命存在，那也一定是在某个遥远星系。

把地球上所有未知的原始软体动物、地衣、细菌、滴虫的数量加总起来，差不多就是人类多年来派出的星际探险飞船的总数。即使存在这样的外星生物，它们就没别的事情可干，非得埋伏在这片太空中最荒凉、最寂寥的分域，去狙击这些小得可怜的巡航飞船？他们又是如何进入攻击范围而不被发现的？

不断反问下去，外星生物假说就被剥去了一切貌似现实的假象，塌缩成了一场宏大的荒诞喜剧。但枯燥的飞行进行到第9个小时，总会在人类大脑中催生出一些最疯狂的幻想，即使面对如此清醒而无可辩驳的事实，即使是佩尔克斯，也很难经得起诱惑，忍不住琢磨起来，也许可能说不定，来自外太空的恶魔这种荒谬玩意儿真的存在。

尽管处于毫无压力的零重力状态，他也会厌倦相同的坐姿，不时调整一下将自己束缚住的宇航躺椅的倾斜度，并将目光从左到右扫视一下——说来也奇怪，就好比不必细究眉毛挑起的角度，嘴角翘起的弧度，额头上皱纹的纹理，就能读懂一张脸庞上的表情，他不必一一读取311个测量仪，仪器灯，仪表盘，显示器的数据、状态和信息，就这样一眼扫过，仪表盘，控制灯，所有的一切，就会自动合并成一个整体，整合成一条信息，告诉他所有系统都运行正常。直视前方，可以看到两块恒星屏——在这两块屏幕之间，是一顶圆顶黄色头盔，遮掉了下巴和前额，框着他自己的脸。

在两个恒星屏之间有一面镜子，尺寸不大，但安装得很巧妙，逼着飞行员无法躲开自己的脸庞。这镜子到底起什么作用，有什么用途，从来没有人解释清楚。也就是说，官方虽然给出了看似恰如其分的巧妙解释，却几乎没人信那一套。这面镜子是心理学家的心血结晶。根据他们的观点，当人类长期陷入无法解脱的孤独中时，思想和情绪很容易失控，可能在不知不觉中自我催眠，进入白日梦状态，在遇到外部危险时，通常无法及时醒来。一些起因不明的幻觉症患者，会经历经常性焦虑发作或严重情绪失控，而维持住控制自己表情的能力，被认为是一种极好的矫正手段，尽管可以肯定的是，连续几个小时盯着自己的脸，忠实地观察每一个表情，并不是件有趣的事——没有人比巡航飞船的飞行员更能理解这一点。一开始可能很无害，你做了个鬼脸，对着自己的影像皱眉或咧嘴一笑，然后就会不由自主做出一连串鬼脸，一个比一个扭曲。当境况太过违背自然，远超正常人类的承受能力时，人类就会加速陷入谵妄状态。

幸运的是，佩尔克斯并不像其他人那样迷恋自己的形象。虽然难以证实，但基地里流传着这样的故事：有些人因为穷极无聊而做出了一些尴尬行为，比如对着镜子吐口水，事后又羞愧难当，违反所有航行规则，解开安全带，站起身，走到——确切地说是游到镜子前，赶在着陆前把镜子擦干净。有些人固执地认为，乌尔茨着陆时，飞船贴着水泥跑道狠狠摩擦了33米，就是因为在重新进入大气层的那一刻，他才起身去擦镜子。

飞行员佩尔克斯从未发作过此类症状，更别提对着自己的镜中形象吐口水了。说来辛酸，抗拒此类身不由己的强烈冲动，往往导致严重的心理创伤，只有那些从未孤身驾驶过巡航飞船的飞行员，才会觉得这样的故事好笑。最关键的一点是，即使在情绪最低落时，佩尔克斯也总能找到某样东西，来充当调节情绪的结实线轴，就像缠绕一根又长又乱的线一样，约束住自己混乱的思想和情绪。

那个用来测量时间的时刻盘，显示此刻是基地时间晚上11点。13分钟后，他将抵达航行轨道的远日点。他对着麦克风咳嗽了一两声，然后一时心血来潮，要求计算机求出

8769983410567396的四次方根。当计算机以最快速度算出答案，显示器上闪出一串不断闪烁的晶莹数字，仿佛一串生死攸关的密码，但佩尔克斯却已完全失了兴趣，他正在琢磨着，着陆后的第一件事，就是把一只手套扔出舱门——只是为了好玩——然后点上一根烟，冲进食堂，给自己点一份挤了辣椒酱的又热又辣的大餐，再痛饮一大杯啤酒（他可是个资深啤酒爱好者）——这时，他突然发现了一个光点。

刚才，他一直心不在焉地盯着左前方的视频屏幕，思绪早已飘回基地食堂，一大盘为他特别炸制的深棕色薯条，油腾腾的香气在鼻端隐约可闻，陡然发现屏幕中心冒出来一个白色光点，他不禁浑身一震。要不是被安全带捆着，他定会整个蹦起，撞向天花板。

屏幕直径约1米，除了位于屏幕中央的心宿增四星，整个屏幕一片漆黑。屏幕上的银河，被一片黑色虚空分隔开，分布在屏幕两侧，散落成两抹闪闪发光的星尘。这幅完美的静止画面上，一个明亮的细小光点正缓缓移动，光点虽小，却显然不是星光。不过，引起他注意的，不是光点的亮度，而是光点正在移动。

太空中的一个移动光点，通常是一艘飞船的导航灯。通常情况下，飞船导航灯是关闭的，只有在响应无线电呼叫，进行身份识别时才打开。载客飞船、载货飞船，以及高速弹道火箭、巡航飞船、救援飞船、燃料飞船，等等，每一种飞船，都有各自独特的导航灯光。根据飞船种类，导航灯的数量和安装位置各不相同。除了白色，导航灯还能发出各种颜色，以便在任何时候都能与星光区分开来。当两艘或两艘以上的飞船编队飞行时，领航船上的白色导航灯光很容易被误认为是一点静止的星光，后方跟随的飞行员会有偏离航线的风险。

但那个悠闲地漂浮在屏幕上的小光点却是白色的，佩尔克斯惊得眼球都要从眼窝里跳出来了。他直愣愣地盯着屏幕，生怕眨下眼睛就跟丢了——但那个白色光点丝毫没受惊扰，有条不紊地移动着，似乎已飘到近前，距飞船只有十几厘米。他生怕再过一分钟，光点就会从视线中消失。

佩尔克斯的双手本能地伸向控制杆，一直处于空转状态的反应堆瞬间产生一股强劲推力，加速度把佩尔克斯压进宇航躺椅的泡沫橡胶垫里……群星在屏幕上疾驰而过……银河倾泻而下，像极了一道牛奶瀑布……光点被框定在屏幕中心位置，飞船船头正对着光点，像猎犬紧盯着灌木丛中的一只野鸡。这番操作很到位，不是吗？

整套加速机动只用了10秒钟。

此刻，他终于有时间思考了，他慢慢地明白过来，自己看到的，其实是一种幻觉，因为这种现象，从来没有飞行员遇到过。不得不说，佩尔克斯仍然保持着清醒。要知道，人们往往过于相信感官获得的证据：要是不凑巧在公共场合遇到一个已亡故的熟人，他们宁愿相信亡者会复活，也不愿承认自己正在精神错乱。

佩尔克斯把手伸进座位侧边的一个口袋，掏出一个小烧瓶。他把瓶口的两根小玻璃管插进鼻孔，用力吸了一下，眼眶顿时湿润了。灵醒精的威力足以扰乱瑜伽修士的无念入定，或驱散圣徒看到的神秘幻象。但令他懊恼的是，这发光物体继续在左屏幕的中央游荡。实施完这个规定的应对措施后，他把烧瓶放回侧袋，稍微操纵一下舵，大致对准发光物体，然后检查雷达，以锁定发光物体的确切位置。

他再次被震惊：小行星雷达屏幕上一片空白。雷达的绿色追踪光束，像一条暴露在强烈太阳辐射下的炽热磷光条，在圆形屏幕上扫过一圈又一圈，却没有显示出发光物体的丝毫痕迹——什么也没有。一方绝对的空白。

佩尔克斯还不至于傻到以为自己正在追捕一个头戴耀眼光环的幽灵。事实上，他从不相信什么神与灵，虽然偶尔，尤其与女士相伴时，他可能会拿神与灵来赌咒发誓，但那种场合下的言谈，绝不是出于什么唯心主义信念。

有一点他是肯定的：他跟踪的不是一个小行星，因为小行星会一直反射雷达跟踪波束，在雷达屏幕上显示为一个光点。只有某个人工制造的物体，外表涂覆了一层能够吸收、中和、分散厘米波的特殊物质，才会不产生任何光学回声。

佩尔克斯清了清嗓子，开始小心翼翼地说话，每说出一个音节，喉结上下一汩动，喉头送话器就会轻轻抖动一下。

“我是巡航船AMU-111，呼叫前方物体，你正点亮着一盏导航灯，飞经1222分域，飞向1444分域。请报出你的呼叫号码。呼叫结束。”

他等待着回应。

几秒钟过去了，几分钟过去了，没有回答。相反，佩尔克斯注意到光线正在减弱，这意味着这个物体正在远去。虽然雷达遥测仪没能探明究竟，但飞船上还备有更原始的光学测距仪。他伸出一条腿，在一个踏板上踩了一下，那个外形类似望远镜的测距仪从上方掉了下来。

佩尔克斯把测距仪拉到眼前，调整焦距。

他立刻找到了那个光点，还发现了一点别的东西。通过聚焦和放大影像，可大致测算出，这个发光物体，如果投射在离佩尔克斯5米的一道屏幕上，约有一粒豌豆那么大——按照外太空的普遍标准，很可能是个庞然大物。不仅如此，其扁平表面布满黑色小波纹，仿佛有一撮浓密的黑色毛发闪过镜头前。那些弯弯曲曲的波纹也一样模糊不清，但却在不停流动——而且方向总是从右到左。

佩尔克斯试图提高图像清晰度，但白色光点顽固地拒绝聚焦，于是，他动用了专门为此设计的第二个棱镜，将图像分割成两半，再叠放在一起，得到了一个更清晰的图像。佩尔克斯瞄了一眼测距仪，第三次被震惊了。

发光物体离他只有4千米远！这就好比开着一辆赛车极速行驶，突然发现5毫米开外有另一辆车，在太空中相隔4千米，瞬间就有致命相撞的危险。

佩尔克斯的手段快用尽了。他把船头的温差电偶转向光点方向，操纵遥控杆把温度探测器对准那个乳白色光点，然后瞥了一眼温度探测计：24开尔文。

这意味着光点温度与环境空间相同——高于绝对零度25度。

这就更奇怪了。一个在太空中自由移动的无质量光点？不可能存在这么离奇的物理现象！但光点就在那里，就飘荡在他前方，他必须追上去。

光点明显地，并且快速地变暗了。1分钟后，他测出发光物体已领先他整整100千米。他加快速度。

然后，最不可思议的事情发生了。

发光物体先是故意让他缓缓追上，他越来越接近，80千米、70千米，然后是30千米，突然，光点又跳到了100千米之外。佩尔克斯加速到75千米/秒；发光物体加速到了76千米/秒。佩尔克斯再次加速，而且这次他直直冲向发光物体。他把推进器控制杆推到半程，释放出强大推力，3倍重力把他牢牢压进宇航躺椅的软垫里。AMU飞船的静止质量很小，能达到的最高加速度和赛车差不多。很快，他的速度就达到了140千米/秒。

发光物体则加速到了140.5千米/秒。

佩尔克斯开始感到身上又热又黏。他使出最大推力。整艘AMU-111飞船都微微震颤起来；基于恒星位置估算的速度表读数，一路稳步攀升：155……168……190……200。

速度达到200千米/秒时，他瞥了一眼重力仪，4 g加速度，此刻他耐受的身体压力，堪比一名十项全能运动员。

他越来越接近那个发光物体，当距离逐渐缩小到20千米、10千米、最后3千米时，那个发光物体的尺寸越来越大，如果投射在离佩尔克斯一臂远的一道屏幕上，肯定大如一粒花生。其表面掠过一些暗淡模糊的条纹，亮度与一颗二等星相当——更像一个圆盘，而不是一个星形光点。

AMU-111飞船正在充分发挥其性能，这让佩尔克斯骄傲不已。在突然爆发至最大推力的过程中，舱内没有任何东西晃动——一点震动也没有！所有核动力都施加在加速轴上，推进器的运转非常完美，反应堆的运作极其稳定。

那个光点不断靠近，而且速度慢了一些。很快，光点和飞船的距离，就已缩短到不足2千米，佩尔克斯开始警觉起来。

整件事非常可疑。一个孤零零、毫无依托的光点。也许是太空海盗？开什么玩笑。即使真有什么太空海盗，他们来这种空洞荒寂的该死分域做什么？发光物体的加速度控制极其厉害：它可以突然加速，也可以陡然停下，快慢无常，飘忽不定；先是迅速逃离，然后又让自己逐渐被追上。就是这一点，让他感觉最可疑。仿佛这个光点正在引诱他，这光点是一个诱饵，是一条栓在鱼钩末端的饵虫，正把他拖进宇宙深处。

他的脑海里立刻浮现出一个亮晃晃的鱼钩。

“别这么快，伙计！”佩尔克斯自言自语道，他猛地刹车，仿佛是要避开一颗擦肩而过的小行星，尽管雷达上一片空白，监控屏幕上也一片空白。他本能地弯下脖子，缩起下巴，感觉到自动气压机正在给宇航服加注额外空气，以抵御突然加速带来的冲击，但冲击到来时，他仍然陷入了短暂昏厥。

重力仪读数下降到-7 g，停留了1秒钟，旋即上升到-4 g。AMU–111飞船的速度降低了近三分之一，下降到145千米/秒。

光点在哪里？有那么一会儿，他担心自己已经追丢了。哈，它就在那儿，只是逃远了一点，并没有消失。光学测距仪给出的距离是240千米。这短短2秒钟里，它本可以将领先优势扩大更多。这不就意味着，在他刹车后几秒钟内，光点也跟着紧急减速了！

这时，他突然意识到——事后他很惊讶自己居然领悟得这么迟——他正在追踪的这个神秘光点，托马斯和威尔默在巡航时一定也遭遇过。

在此之前，他还没有意识到任何危险。这时，他突然害怕起来，心里涌起一阵不安。虽然极不可能，但假如那个光点，确实是一艘外星飞船发出的呢?

那个光点越来越近，速度越来越快，距离越来越短，60……50……30，他决定再靠近一点，微微施加了一点推力，然后他惊奇地看到，光点猛地膨胀起来——刹那间，光点离飞船只有2千米远了!

宇航躺椅的另一个侧袋里，装着一副24档夜视望远镜——主要用于紧急情况，比如雷达发生故障时，或者从阴暗侧接近一颗卫星时。这玩意儿只是根据医生的建议配备的，还从没有人在任务中动用过。夜视望远镜调到最高档，相当于把光点拉近到100米远处。他看到了一个淡乳白色的小圆盘，尺寸和从地球上看到的月球差不多，平滑的表面之上，不断从上到下滑过一些弯曲的线段。当小圆盘遮挡住星星时，星光会逐渐消失，似乎圆盘的外边缘比中心更薄，更透明。

但圆盘周围没有任何东西，没有散发出一丝遮挡星光的光芒。透过夜视望远镜，从相当于100米的距离外观察，一艘宇宙飞船看起来应该有一个书桌抽屉那么大。但他没发现有类似抽屉的东西漂浮在太空中，四下根本没有任何飞船的踪影。这个发光小圆盘肯定不是导航灯或飞船尾焰。

它就是它：一个独立存在的、可自由移动的、小小的白色光点。

佩尔克斯快要被逼疯了!

他有一种强烈冲动，想朝那东西开一枪，但办不到，因为飞船上没有任何武器，而且按规定，巡航飞船不能配备武器。佩尔克斯只能从船舱里发射两件东西：他自己，或者一个气球探测器。巡航飞船经过特殊设计，飞行员按下弹射按钮，一个附带减速降落伞的密封玻璃罩，会罩住宇航躺椅，把飞行员弹射出去。这是紧急逃生措施，一旦弹射，飞行员显然就没有回头路了。那就只剩下气球探测器——这是一种非常简单的装置，一个薄壁橡胶气球，紧紧地卷成一根长矛状。为了提高可见度，表面被敷了一层铝膜。有时候，飞行员很难根据空气测量仪的读数，来判断飞船是否已进入一颗行星的大气层。最重要的是，他有时需要判断前方是否存在稀薄气体。当心存疑虑时，他会发射气球，气球会自动膨胀，并以略高于飞船航速的速度飞在前方。气球表面的铝膜能反射光线，肉眼可视距离，达到5至6千米。如果遭遇稀薄气体，摩擦将导致气球发热并爆炸。这时飞行员就知道，该开始刹车了。

佩尔克斯充分发挥自己的操控技术，将船头微微上扬，对准那片乳白色圆盘。没有雷达引导，他只能依靠望远镜测距仪。但要想在两千米外击中这么小的目标，绝非易事。每次他刚要按下发射按钮，小圆盘就会滑出瞄准火线。他微微启动偏航喷流，刚把机头调整好，圆盘又会巧妙避开，再次出现在左屏幕中央。一连四次，都迅捷躲开火线，每一次规避速度都更快，动作也更熟练，仿佛它已经开始猜透他的意图了。如此迅捷又精确的规避，圆盘显然并不想遭受AMU-111飞船的近距离轰击。

这就奇怪了。在200米的距离上，要想捕捉如此微小的飞船姿态变化，并作出及时反应，圆盘必须得有一架巨大望远镜才行——可根本就没有任何望远镜的踪影。但它不仅能进行巧妙规避，且延迟最多只有几分之一秒。

佩尔克斯更加焦虑了。他已经竭尽全力去探查这个神秘飞行物，但对它依然一无所知。他动弹不得地瘫坐在宇航躺椅里，紧握着控制杆的双手逐渐变得麻木，过了一会儿，他突然意识到，托马斯和威尔默一定也经历了同样的怪事。他们一定也看到了这个光点，试图呼叫这个不明飞行物，索要对方的呼叫号码，但光点没有应答，他们开始追踪，并且通过望远测距仪跟踪，看到了小圆盘上的花边状小波纹，甚至可能发射了气球探测器，然后——他们做错了一件事，导致他们消失得无影无踪。

当他意识到自己即将面临同样的命运时，他感到的不是恐惧，而是绝望。整件事就像一场噩梦，在这场噩梦中，他分不清自己扮演的到底是哪个角色：他自己、托马斯还是威尔默。因为此刻的情形，很显然只是一场重演。他全身一软，深信自己已经完蛋了。最糟糕的是，他甚至不知道那个致命危险到底是什么，来自哪里，要知道，周围空无一物……

空无一物？

没错，那个分域里空空荡荡，但他已经追了1个多小时，速度达到了230千米/秒。有可能（虽然不能完全确定），此刻他已接近分域边界，甚至已经脱离了这个分域。脱离之后呢？他会进入1009分域，另一个1.5万亿立方千米的空间。又一片延申数百万千米的虚空，无穷无尽的虚空，只在飞船前方2千米远处，孤悬着一个难以捉摸的光点！

他竭力打起精神。此时此刻，如果是托马斯和威尔默，他们会怎么做？因为，不管他们做了什么，他的做法，必须和他们背道而驰。否则他就没办法活着回基地。

他再次刹车，指针摇晃，他的速度不断下降——从30千米/

秒下降到22千米/秒，再到13千米/秒，再到5千米/秒——直到指针在0附近轻轻颤抖。技术上来说，他已经静止不动；但在太空中，相对于某个特定参照物，任何物体都处于运动状态；和地球上不一样，太空中不存在绝对静止这种概念。

光点开始收缩，越来越远，越来越暗，然后，光点又开始接近，逐渐变亮变大，在离飞船2千米处再次停了下来。

此刻，托马斯和威尔默绝对不会做的是什么？他很想知道。他们绝对不会采取的行动是什么？他们会逃跑吗？绝不会！面对这个可怜的小光点，这个愚蠢的小点，他们绝对不会转身逃之夭夭！

他不想掉转船头，太容易跟丢了。再说了，让那个诡异光点紧咬着船尾追着不放，想想就不寒而栗。扭着头盯着侧屏去监控光点的动向，也没什么意思……不，掉转船头肯定是不合适的，最好是能时刻监视着那个古怪光点。于是他开始倒车，用刹车火箭加速——这是飞行员应当掌握的许多基本操控技能之一。重力仪显示1 g……然后是-1.6 g……-2 g……机头一直向一边偏斜……毕竟反向火箭的作用是刹车，而不是加速。

那个小光点似乎在犹豫。它在原地滞留了一会儿，渐渐变淡，然后溜向一旁，掠过波江座阿尔法星，在几颗无名星星之间来回摇摆了一下，最终，它又加速追了上来！

看来它不愿轻易被他甩掉。

放松点，他暗想，我何必那么在意这个闪闪发光的小东西呢？去他妈的。我的工作是在这片分域巡航，让它见鬼去吧。

他也许这么想，但双眼一刻也没有离开光点。从第一眼看到光点开始，已经过去了将近2个小时。他的双眼开始刺痛，还有点流泪。他睁大眼睛，继续操控飞船向后倒着飞去。反向飞行很缓慢；刹车火箭无法稳定地提供连续推力。飞船很快达到了每秒8千米的最高倒飞速度，佩尔克斯竭力保持着飞船的稳定。

随着时间推移，他感到脖子上有一种垂坠感，仿佛正有人拧住他的下巴，把那一小块皮肤一直拉垂到胸口，他的口腔也开始变得干涩。但他不予理会，此刻他必须集中精神操纵飞船，顾不上口干舌燥和脖子抽搐这等琐屑感受。有几次，他感觉自己的双手居然失去了所有触感，但双腿还在：他能感觉到右脚正用力踩着刹车踏板。

他试着挪动双手，但眼睛仍然紧盯着光点。它似乎正在逼近他，现在距离船头只有1.9到1.8千米了。它是想追上他，还是想怎么样？！

他试着举起右手，但举不动。左手就更麻木了，简直感觉不到其存在！两只失去感觉的手，已经不再受他指挥。他想低头看一眼自己的双手，脖子却僵直得像块木板。

他陷入了恐慌。他为什么忽略掉了那个非常重要的职责？他为什么不立刻用无线电通知基地，报告自己遭遇了一个奇怪的小光点？

因为他害怕难堪，托马斯和威尔默肯定也害怕那样的难堪。无线电室里值班的那几个家伙，准会笑翻天！一个光点！一个喜欢追逐和被追逐的白色小光点！别胡扯了，佩尔克斯！别做梦了，赶快醒醒吧！

他带着一种无可奈何的淡漠，又看了看屏幕，开口说道：

“AMU-111巡航船，向基地报告……”

要是声音没被卡死在喉咙里，他就会这么说。但吐出来的，只是些语无伦次的喃喃自语。他用尽全身气力，发出一声号叫。然后，他第一次把视线从恒星屏幕转到中间镜上，他看到了一个怪物的脸，坐在宇航躺椅上，头戴黄色圆头盔。

一对巨大、肿胀的凸眼，露出邪恶的狠光；一张青蛙嘴般的阔嘴耷拉着，舌头垂了出来，上面布满斑点。在怪物的脖子上，箍着一圈圈硬邦邦的绳子，正在剧烈震颤，几乎要把他的下巴都给震下来了——这个脸肿得发灰的怪物正在拼命叫喊……

他想闭上眼睛……却闭不上。他试图把视线移向恒星屏，但脖子不听使唤。那个被绑在躺椅上的怪物抽搐得越来越厉害，似乎想要扯断束缚住自己的安全带。无能为力的佩尔克斯，只能直勾勾地盯着这个怪物。他感觉不到自己是否在抽搐，只感到胸口有一种窒息感：他简直无法呼吸。

他听见附近什么地方传来可怕的磨牙声。他不再是他自己，他已遗忘了自己的本性，彻底迷失。他脑子里一片空白，无法控制自己的四肢和身体，除了踩在刹车踏板上的右腿，什么都感觉不到了。他的视线渐渐暗淡，越来越模糊，但很快，他眼前又一亮，闪起无数耀眼的小光点。他扭了一下右腿，右腿开始抽搐；他把右腿举起，又放下。镜子里的那个变种人，脸庞苍白得像灰烬，嘴里冒着白沫，双眼从眼窝里凸出来，身体抽搐个不停。

然后，他做了一个自己唯一能做的动作。他猛地把右腿往上翘起，膝盖全力砸在自己脸上。血顺着他的下巴流了下来，嘴唇破裂，疼得他睁不开眼睛，一切都变成了黑色。

耳边突然传来一声咯咯咯啊啊啊的怪叫。

原来是他自己在叫疼。

疼痛一减轻，原先的麻木感又回来了。嘿！这到底是怎么回事？他到底在哪里？他不在任何地方；他仍然感觉不到自己……

他继续抬腿击打，用膝盖把自己的脸撞得血肉模糊，他的身体疯狂地抽搐扭曲着。那瘆人的号叫声终于停了。接着，他听到了自己一边呛血，一边喘气的古怪嚎啕。

他的胳膊和手，又回来了。胳膊和手，仍然麻木得像木头一样，稍微用力就一阵刺痛，仿佛韧带被撕裂一样，但好歹能动了。他伸出半麻的手指在身侧摸索，解开安全带，双手抓住扶手，站了起来。他双腿颤颤巍巍；他感觉自己全身都被砸扁了。他抓住横跨整个控制室的助力缆，缓缓挪到镜子前，双手紧抓住镜框。

镜子里那个人就是佩尔克斯。

他的脸不再苍白，而是血淋淋的；他鼻子青肿，血从他血肉模糊的嘴唇里渗出来；他的两颊发青、浮肿；他双眼下面有黑眼圈，下巴仍在轻微抽搐——这一切居然正发生在他佩尔克斯身上。他擦了擦下巴上的血，吐了口唾沫，咳嗽了几声，深吸了几口气——他真是个毫无希望的残废。

他后退一步，查看屏幕。推进器已关闭，飞船仍在反向飞行，正在做无动力惯性飞行。小白盘仍紧跟着他，距离船头2千米。

他抓着助力缆，失魂落魄地回到宇航躺椅旁。这时，轮到他的双手开始颤抖了。他暗想，这是中风发作后正常的延迟反应，没必要惊慌。座位脚下有个东西看着似乎不太对劲……

原来是自动发射机盒的顶部，已经严重变形了。他推了推盒盖，盒盖裂开了，里面的组件也严重受损。这是怎么回事？一定是自己用脚踩扁的。什么时候踩的？

他坐进宇航躺椅里，发动转向喷射器，转了个弯。

小圆盘犹豫了一下，开始向屏幕边缘滑去；但它并没有消失，而是像网球一样弹回了屏幕中间。原来如此！

“你这个杂种！”他厌恶地啐了一口。

刚才这么一转弯，他几乎进入了一条围绕太阳旋转的定常轨道！但事实明摆着：当他转向时，光点并没有离开屏幕。这只能说明：发光物体是人工产物，产生自屏幕本身。毕竟，一个屏幕不是一个窗口。有人驾驶的宇宙飞船从来不装配窗户，而是配备视频扫描仪。在飞船的装甲外壳上，装有多个摄像机。飞船内的一个转换器，会接收摄像机输入的电脉冲，转换成阴极射线管上的图像。是视频扫描仪出了什么故障？托马斯和威尔默的巡航飞船，也发生了同样的故障？他们后来到底去了哪里？

现在没时间考虑这些，得赶紧打开紧急信号发射器。

他说：“AMU–111巡航飞船呼叫基地。AMU–111呼叫基地。当前读数：分域边界1009–1010，赤道区。发生了一点麻烦，我要返航了……”

大约6小时后，佩尔克斯成功着陆，随后基地对飞船展开了全面调查，调查持续了整整1个月。首先要检修的是视频扫描仪。这视频扫描仪是一款新的改进型号，去年刚安装到所有AMU飞船上，到目前为止，运作优良，没有任何故障报告。

经几千小时测试，电子工程师终于发现了发光物体的成因：阴极射线管中的真空发生泄漏，导致屏幕内表面出现了一个松散电荷团，在屏幕上展现为一个乳白色亮点。电荷团的运动，受一套复杂的物理规律制约。当飞船加速时，电荷团会大幅膨胀，就像被压扁在屏幕内表面一样，看起来仿佛光点正在靠近。当施加反向推力时，电荷团会退入阴极射线管内。零加速度和恒定加速度的状态下，电荷团会缓缓回归到屏幕中心。电荷团可以随意往各个方向移动，但在飞船进入某个椭圆轨道绕太阳飞行期间，或无动力惯性飞行期间，电荷团最喜欢待的位置，就是屏幕正中心。继续深入研究之后，科学家们推导出一个六阶微分方程，这就是电荷团的动力方程。研究还表明，在强烈光脉冲作用下，电荷会趋于分散；只有当阴极射线管接收到的光脉冲强度极低时，例如在太空中，当飞船远离太阳时，电荷才会变得更加集中。只要有一缕阳光擦过屏幕，电荷就会消失几个小时。

电子专家们的发现汇成了厚厚一卷，字里行间全都是数学公式。接下来处理这个案件的，是一个由医生、心理学家，以及天体神经症和天体精神病专家组成的团队。经过数小时研究，专家们发现，松散电荷团会高频振动，在肉眼看来，这些振动表现为一缕缕细微的黑色曲线，从上到下流过一个发光圆盘的表面。

这些脉冲的频率太高，肉眼无法看清，但这种高频率脉冲会影响大脑皮层的 θ 波，极大增强 θ 波的振荡幅度，足以诱发癫痫发作。除了长时间不间断地注视高频脉冲光，其他影响因素还包含绝对惯性运动状态和外部刺激的完全缺失。

得出这些发现的专家，全都成为国际知名人士。今天，世界各地的电子专家们都很熟悉雷迪欧–哈珀效应，这个效应是由高真空阴极射线管中形成的松散电荷团引起的，而天体生物学家们，则很熟悉纳格海默氏失调–紧张性–阵挛综合征。

而佩尔克斯在科学界仍然默默无名。只有最勤奋的读者才能从某些晚报上小字印刷的简评中推断出，多亏了佩尔克斯，未来的飞行员才能规避托马斯和威尔默那样的厄运。这两个不幸的飞行员，在高速追逐一个虚幻光点时失去知觉，最终殒命于外太空。

未能一举成名，佩尔克斯毫不介意。他也不介意植入一颗新牙，代替他用膝盖撞断的那颗，甚至不介意自掏腰包。

信天翁号

这一顿饭有六道主菜，还有各式开胃菜、甜点和酒水。许多酒水小推车在玻璃过道上悄无声息地来回穿梭，服务员们殷勤地为乘客们斟酒。天花板上的射灯照亮整个桌面：柠檬黄色的是海龟汤，蓝白色的是鱼鲜拼盘，烤鸡开胃菜沐浴在一抹玫瑰红色中，带着一丝柔滑的暖灰色。所幸，上浓缩咖啡时并未调暗灯光，要知道，佩尔克斯的心情已经够忧郁了。吃这顿晚餐，简直耗尽了他全身气力。他发誓，从现在起，要是饿了，他宁愿去下层甲板的小吃吧。此处太过奢华，不符合他的品味，还要保持正襟危坐，时刻提防别让自己的手肘往餐桌上支棱。所有乘客都着装精致，仿佛一场盛大的时装展示会！

这是一间下沉式餐厅，地板比甲板高度低半层，是一个巨大的圆形场地。餐厅中间摆放着一个巨大的奶油金色盘子，上面摆着世界上最丰盛的各色开胃菜。在他背后，服务员们不断穿梭奔走，硬质面料的半透明长袍窸窣响个不停。乘客们开心地吃喝交谈；大型乐团现场演奏欢快舞曲，为乘客们助兴；众多人类服务员，个个打扮得像爱乐乐团指挥。“跨银河集团竭诚为您提供全程非自动化服务、亲切亲密的休闲环境、真诚的人性化招待，全体服务人员都是活生生的人类，都掌握了大师级的行业技艺……”

佩尔克斯喝着咖啡，抽着烟，视线扫过整个餐厅，试图找一个不那么鲜艳热闹的角落，让自己的眼睛休息一下。坐在邻桌的一个女人引起了他的注意。她胸口挂着一块扁平而粗糙的小石头，不是翡翠，也不是玉髓，很可能是一件火星纪念品。他暗想，这一定花了一大笔钱，尽管看起来比一块沥青大不了多少。一个女人，不应该这么有钱。

他既不吃惊，也不羡慕，只是饶有趣味地观察着。渐渐地，他有了一种想伸展四肢的冲动。去走廊甲板上逛一逛？

他从桌旁站起身，向同桌的乘客们微微鞠了一躬，离开了餐厅。当路过一排多面体镜柱时，他观察了一下自己的仪容：领结下面，露出一颗扣子。说实话，现在已经没人戴这种领结了！在走廊里，他停下来整了整衣领，走进电梯，上了走廊甲板。电梯门悄无声息敞开。他松了一口气，眼前没有一个活人。拱形天花板的三分之一覆盖着玻璃屋顶，就像一只仰视着群星的巨大眼睛。甲板上摆放着一排躺椅。每张躺椅上都放着一条叠得方方正正的毯子，此外别无他物。只在最远处一张躺椅上，躺着一个人。一个上了年纪的怪人，用毯子把自己裹得严严实实。他习惯比别人晚一个小时出现，独自一人在空荡荡的餐厅里用餐，要是有人朝他略微瞄上一眼，他准会用餐巾遮住自己的脸。

佩尔克斯在一把躺椅上坐下。甲板上吹起一阵时断时续的微风，似乎从最深邃的宇宙深处吹拂而来，其实来自暗藏的空调出风口。跨银河集团的工程师们很称职。躺椅坐着很舒服，甚至比飞行员的宇航躺椅还要舒服。佩尔克斯感到一阵寒意，顺手拉过毯子，把自己裹得严严实实，就像裹了一条棉被一样，很是舒适。

又有人来了，不是乘坐电梯，而是走楼梯上来的。是邻桌那个女人。他试着猜她的年龄，但实在猜不出来。但她穿的衣服和刚才不一样，他不确定到底是不是同一个女人。她也找了把躺椅坐下，打开一本书读了起来，离他隔了三把躺椅。人造微风轻轻拂动书页。佩尔克斯直视前方：南十字星座清晰可见，小熊星座尾端的那颗星也赫然在目，被框在一个窗框里，成了黑色背景中一个发光小点。7天的航程，嗯，一周内可以发生很多事。他故意挪动了一下身体，上衣内袋里那一厚叠整整齐齐的票据，轻轻硌住了他的胸。一股满足感涌上心头：结束本次旅程，他就能升为二等领航员。他随后的行程也已安排妥当——乘飞机从北地飞到欧亚大陆，然后再飞到印度。在他的票夹里，塞满了各种飞船票和机票，足以编成一本书，每一页都颜色各异。所有票都一式两份，反面印着存根、优惠券，金色镶边——事实上，所有跨银河集团的差事，都报酬丰厚。离他三张躺椅远的那个女人，长得很漂亮，非常漂亮。他认出来了，是同一个女人。他应该和她攀谈吗？至少自我介绍一下？拥有佩尔克斯这个全是由清辅音组成的音节短促的名字，是多么累人啊，快读之下，几乎一秒钟不到，就念完了。而且，乍听之下，“佩尔克斯”像是一个什么商标名。电话交谈是最糟糕的。喂，说点什么啊。好吧，但是说什么呢？！

他又感到泄气了。在火星上初见泰坦号，是多么壮观。幸运的是，地球上的船主为他这次旅行买单——不是出于慷慨，而纯粹出于商业原因。他已经航行了近30亿千米，但还是第一次乘坐泰坦号这样的豪华休闲飞船。运货飞船和泰坦号比，简直天差地别！静止质量18万吨；四个主推进反应堆；巡航速度：每秒65千米；可容纳1 200名乘客居住，可选择单人间、双人间或豪华套房，均配有独立浴室；除了飞船起降期间，航行途中均可保证平稳重力；最安全的保障；最便利的设施；40名船员，加上260名服务人员。陶瓷、钢、金、钯、铬、镍、铱、塑料、卡拉拉大理石、橡木、红木、银、水晶，精选各类高级材料精心打造。两个游泳池，四个电影院，十八个与地球直连的通信信道，专门为乘客们服务！一个音乐厅。六层主甲板，四层走廊甲板，自动电梯。在泰坦号上，还可以提前一年预定豪华休闲船队中任何飞船的行程。多处酒吧，多处赌场，一家百货商场。一条匠人街，是老式城市小巷的真实复制品，有酒窖、煤气灯、一轮弯月，还有一堵后巷矮墙，墙上蹲着几只真正的后巷野猫。一个温室。天知道还有什么。这趟巡游将耗时整整一个月，而且只是单程！

女人还在看书。为什么女人们要把头发染成那样？这种颜色足以……但不知怎么的，却居然成功增添了她的美貌。他暗想，现在，要是手里夹着一根烟，能打动芳心的辞藻就会自动地从自己嘴里蹦出来。他把手伸进口袋。

他抽出烟盒的那一刻——这是博曼送给他的礼物，他出于友谊一直随身携带着，以前从未有这样的习惯——感觉烟盒似乎比平常要重一点。这念头一闪而过。但烟盒的确比平时更重。是飞船在加速，还是怎么了？

他竖起耳朵。果然，是引擎加大了推力。普通乘客可能不会注意到：一系列四层隔离舱壁，将泰坦号的引擎室与生活区隔开。

佩尔克斯在窗框一角挑了一颗光线不强的星星，警惕地紧盯着它。如果飞船是在加速，星星就会原地不动。但只要星星动了……

星星果然动了，非常缓慢地向一边移去。

他估计，飞船正沿着纵轴旋转。

泰坦号正在飞经一个“宇宙隧道”，在这段航程中，没有任何尘埃或小行星挡路，只有空无一物的虚空。泰坦号的导航员，正驾驶着小型引导飞船，航行在前方1 900千米处，其任务，是确保航线通畅，防止其他飞船突然闯入。这么做的原因？当然是为了安全。尽管根据美国宇航协会谈判达成的一项协议，跨银河集团所制定的航线，被授予了无可争议的优先通行权。而且，自从无人驾驶的太空探测器被用于巡视数千个超轴分域，使得小行星预警可以提前6小时发布，外部危害的威胁几乎已被消除殆尽。横亘在地球和火星之间的小行星带，包含约10亿颗小行星，也受到特别监视，然而，凡是在太阳系内失事的飞行器残骸，必然会定期越过黄道面。自从佩尔克斯担当巡航飞行员那时起，宇航预警这一领域已经取得了惊人进展。

因为没有需要躲避的障碍，泰坦号并没有理由改变航线。但此刻，佩尔克斯已不再需要用星星来验证，直觉告诉他，飞船确实正在偏离原先航线。他非常自信自己可以轻易画出飞船的轨迹，因为他知道飞船速度、质量和恒星位移率。

出什么事了？他暗想。

没有公开通知。为什么要这么保密？即使是一个外行，只要多乘坐几次豪华休闲飞船，多参观几次引擎室和驾驶舱，就会了解到，在紧急情况下，飞船要么保持原有航速，要么关闭引擎。但泰坦号此刻却在做别的机动……

整个旋转机动总共持续了4秒钟。这意味着45°转弯。嗯。

群星的位置再次固定了下来。

飞船又回到了一条直线航线上，然而佩尔克斯手里的烟盒却越来越重。

沿着直线行驶，同时加速……就是这么回事。他一动不动地坐了一会儿，又站了起来，他明显感到，加速度正变得越来越大。灰眼睛美女好奇地注视着他的一举一动。

“出了什么问题吗？”她问。

“没什么可担心的，女士。”

“感觉有点异样。你也注意到了吗？”

“没什么，只是航速加快了一点。”此刻正是开启一场轻松闲聊的好机会。他匆匆瞥了她一眼，不再为她头发颜色感到不安。一个精致的玩偶。

他慢吞吞地走开了，一开始很悠闲，但每走一步都逐渐加快了脚步。她一定以为我有精神病，他暗想。多姿多彩的壁画铺满整个甲板长廊。他穿过一扇标有“禁止进入”的门，走进一条空无一人的长走廊，走廊里被电灯照得亮堂堂。沿着走廊有一排门，每扇门上都有一个编号。他寻着那股若有若无的微微震颤声，继续前行。爬上几段楼梯，他走到一个平台上，来到一扇金属门前。

指示牌上写着：只许星际人员入内。哇，花哨名字就是棒，一下子档次就上来了！

没有门把手，只有特殊钥匙才能打开门。佩尔克斯当然没有钥匙。他揉了揉鼻子，聚精会神地想了片刻。

他在门上有节奏地叩击了几下：嗒……嗒……嗒嗒嗒……嗒……嗒……

他退后一步，耐心等待着。终于，门被微微打开，从门缝里露出一张面色红润，但脸色不善的脸。

“您需要什么？”

“我是巡航舰队的。”

门又被推开一点，佩尔克斯赶紧钻了进去。这里看来像是一间辅助控制室：两排转向控制装置；正对着门的墙上，是一溜视频屏幕；每一个屏幕前都摆着一把椅子。一个人数不多的临时小分队，正监视着各种仪表上的数字。椅子并未坐满。另一面墙边摆放着一张狭窄边桌，放着一些半空的杯子和茶托。空气中弥漫着一股新煮咖啡的香甜气息，还有一股像是塑料加热后产生的呛人味道和一丝臭氧的刺鼻味道。边桌旁边，还有另一扇门，微微半掩，门后发出变压器的嗡嗡声。

“一个求救信号？”他问那个放他进门的人。他身材敦实，一边的脸有点肿，可能是牙痛导致；耳机箍带箍住了一头蓬松头发；一身饰有闪电徽章的跨银河集团灰色制服，上衣纽扣解开了几颗，衬衣下摆垂在外面。

“是的。”他迟疑了片刻，“你说你是巡航舰队的？”

“在超铀基地服役两年，刚从基地回到火星，搭乘泰坦号回地球。我是一名领航员，名叫佩尔克斯。”

两人握手。

“我叫明戴尔，原子核物理学家。”

两人不再多言，一前一后进了隔壁房间。这是一间非常大的通讯室。十几个人挤在主发射机周围。两名电报员，戴着耳机，正不停地奋笔疾书。通讯室内回荡着仪器嘀嗒声、电器嗡嗡声，和甲板下传来的持续不断的引擎轰鸣声。每面墙上都排列着密密麻麻的控制灯：这地方看起来，就像一个长途电话转接站。那两个通讯员几乎趴在了桌子上。两人都穿着衬衫，脸上汗涔涔的。一个是面色苍白的年轻人；另一个年龄较大，长相更普通，耳机箍带压服头顶前部的头发，分开一条发缝，赫然可见一条清晰的伤疤。不远处坐着两个人，佩尔克斯认出其中一个是船长。

他们已有过几次点头之交。泰坦号船长是个头发灰白的矮个子，一张小脸上面无表情。他坐着，右腿翘在左腿上，视线落在右脚的鞋尖上。

佩尔克斯轻轻走到两名电报员身后，踮起脚尖，视线掠过额头有疤的那个电报员的肩头，看向那张电报纸。

“……航向618.3，全速前进，8012到达。呼叫完毕。”

无线电通信员用左手从旁拉过一张空白纸，继续写着。

“月球基地呼叫火月飞船信天翁4号。检查飞船内核污染状况，停顿，用莫尔斯码应答，停顿，无线电通信超出范围，停顿，你船还能维持多少小时的紧急推进，停顿，估计漂移误差06.21，停顿。呼叫完毕。”

“火地飞船冲刺者2号呼叫月球基地。我船正全速前进，目的地为64分域的信天翁4号所在地，反应堆过热，但仍在前进，停顿，现在距离SOS信号发送地点6毫秒差距，停顿，呼叫完毕。”

第二名电报员，两个人中脸色较苍白的那个年轻人，发出一声低沉的呻吟。大家立刻都往他身后凑，伸长了脖子。明戴尔，就是给佩尔克斯开门的那个科学家，在操作员继续抄录的同时，把已记录的信息递送给船长。

“信天翁4号呼叫所有飞船。我船正在做惯性漂移，椭圆轨道T–341，65分域，停顿，船体裂口扩大，停顿，船尾舱壁泄漏，停顿，3 g紧急推力，停顿，反应堆失控，停顿，主舱壁多处损坏，停顿，舱内3度核污染，启动紧急加速之后，核污染持续上升，停顿，将尽力隔断核泄漏区，转移船员至船头。呼叫完毕。”

电报员转写信息的手一直颤抖个不停。一名船员抓住他的衬衫领子，把他拽起来，推出门外。过了一会儿，他独自回来，接替了原先那名电报员的位置。

“他有一个兄弟在信天翁号上。”他喃喃自语地解释了一句。

佩尔克斯站在那个年纪较大的电报员身后，读着他转写的信息。

“月球基地呼叫火月飞船信天翁4号。以下飞船已赶来援救，停顿，来自64分域的冲刺者号，来自67分域的泰坦号，来自44分域的弹道8号，来自94分域的精灵702号，停顿，密封住舱壁破裂口，停顿，全员穿上宇航服进入气闸，停顿，报告当前航线，停顿。”

“信天翁号发出的信息！”年轻的替补电报员大喊了一声，大家都伸长脖子看他转写出的信息：

“信天翁4号呼叫所有飞船。不受控制的漂移，停顿，船壳破损，停顿，空气泄露，停顿，船员宇航服已穿戴完毕，停顿，冷却剂漏出灌满机舱，停顿，所有视频屏幕破损，停顿，控制室内温度高达63摄氏度，停顿，控制室内出现的第一道破裂口已被隔断，停顿，冷却剂沸腾，停顿，主发射机进水，停顿，切换到无线电，停顿，我们在等待你们的援救。呼叫完毕。”

现在几乎每个人都在吸烟，一道道烟雾螺旋上升，如一条条歪歪扭扭的蓝色缎带，被吸入通风口。佩尔克斯也在口袋里翻找，很想抽一支，这时不知是谁，把一包打开的烟递到他手边。他抽了一支，点燃了。

“明戴尔先生，”船长咬着嘴唇说，“最大推力！”

明戴尔一时有些惊讶，但什么也没说。

“要发布警报吗？”坐在船长旁边的那个人问道。

“我自己来发布吧。”船长说着，把麦克风拉到自己嘴边，开始呼叫：

“火地飞船泰坦号呼叫信天翁4号。我们正全速前进。现在正进入你所在的分域。到达时间一小时。建议从紧急舱门弃船逃生。我们一小时后就到。坚持下去。坚持下去。呼叫完毕。”

船长推开麦克风，站了起来。明戴尔正在房间另一边对着对讲机发号施令。

“好了，伙计们，5分钟后全速前进。”

“好的，遵命。”另一端传来回答。

船长走了出去，过了一会儿，他的声音从另一个房间传来。

“全体乘客请注意！全体乘客请注意！现在宣布一个重要通知。4分钟后，飞船速度将大幅提高。我们收到了求救信号，正全力赶赴——”

有人把门关上了。明戴尔友好地用胳膊肘搡了一下佩尔克斯的胳膊。

“做好准备。加速度将达到2 g甚至更高。”

佩尔克斯点了点头。对他来说，2 g是小菜一碟，但现在可不是炫耀自己耐力的时机。因此，他老老实实地伸出手，牢牢抓住那个年长电报员所坐椅子的扶手。

“信天翁4号呼叫泰坦号。我船撑不了一小时了，停顿，紧急舱门被炸坏的舱壁卡死，停顿，控制室温度81摄氏度，停顿，冷却液加速沸腾，停顿，将试图切断机头防护罩，进行弃船操作。呼叫完毕。”

明戴尔从电报员手里一把抓过电报纸条，跑出了房间。正当他打开门时，整层甲板都轻微震动了一下，每个人都感觉自己的身体一沉。

船长费力地走进房间，每走一步都很吃力的样子，走到一张椅子旁，扑通一声坐下。有人递给他一个有线麦克风。他另一只手里，拿着一张皱巴巴的电报纸，正是信天翁号刚发来的那则信息。船长把电报纸摊开，研究了好一会儿。

他终于开口说道：“火地飞船泰坦号呼叫信天翁4号。我们50分钟内就抵达。正在接近中，航向84.15，停顿，航向82.12，停顿，弃船。立即弃船。我们会找到你们。坚持下去。呼叫完毕。”

接替年轻电报员的那个新电报员，上衣纽扣全都解开了，正聆听着耳机里传来的无线电呼叫，突然，他猛地站起身，急急回头瞥了一眼匆忙赶来的船长。新电报员拽下自己戴着的耳机，递给船长，船长戴在头上，仔细聆听起来。另一个人开始调整噼啪作响的扬声器。刹那间，所有人都僵住了。

房间里许多人都是飞行经验丰富的老手，但此刻，耳边却传来一个前所未闻的悲惨声音。一个时断时续的声音正在吼叫，伴随着一种呼呼的啸叫声，仿佛说话者正被困在一片火海中：

“信天翁号……每个人……驾驶舱里的冷却剂……温度高得难以忍受……船员坚守到了最后……永别了……所有人……呼叫完毕……”

那声音渐渐消失了，被越来越强的呼啸声无情淹没。

最后，只剩下扬声器滋啦滋啦的静电声。此时加速度越来越大，要想站稳，得花费不小的气力，然而，在场所有人仍然坚持站着，宁愿弓着背，靠在金属舱壁上。

“弹道8号呼叫月球基地。”一个声音突然响起，响亮而清晰。“我船正前往救援信天翁4号。请求通过67分域。全速前进中，将无法执行任何规避机动。呼叫完毕。”

停顿了几秒钟。又一个声音响起。

“月球基地呼叫所有处于66、67、68、46、47、48、96分域的飞船。以上分域临时关闭。所有尚未以全速推进状态赶往救援信天翁4号的飞船，立即停在原地，反应堆空转，并打开导航灯。注意，冲刺者！注意，火地飞船泰坦！注意，弹道8号！注意，精灵702号！我正在为你们清空当前航线上的所有阻碍，请尽快赶往信天翁4号。SOS信号半径范围内的所有飞船都已停在原地待命。请在距离紧急求救点1毫秒差距前，开始刹车。一旦在监视屏幕上观察到信天翁号，要及时熄灭刹车推进器，因为船员可能已经弃船。祝你好运。祝你好运。呼叫完毕。”

冲刺者号第一个发送回应，用的是莫尔斯码。佩尔克斯仔细聆听着哔哔的信号声。

“火地飞船冲刺者号呼叫所有救援飞船。我船已进入信天翁号所在分域。将在18分钟后与其会合，停顿，反应堆过热，冷却系统损坏，停顿，在救援行动后将需要医疗援助，停顿，我船正结束全速航行，开始刹车制动。呼叫完毕。”

“冲刺者号简直疯了。”有人轻声嘀咕了一句。一动不动站着的人们，视线纷纷四下飘动，想看看到底是哪个家伙在口不择言。人群中回荡起一阵愤怒的低语，但很快就平息了下来。

“冲刺者号会率先抵达事故现场。”明戴尔说着，瞥了一眼船长，“40分钟后，他们自己也将发出无线电求救信号——”

明戴尔突然打住话头，一个声音穿透静电噪声，从扬声器中传了出来。

“火地飞船冲刺者号呼叫所有前往救援的飞船。我船已在视频监视器上观察到信天翁号。其航线接近椭圆轨道T–348，其船尾呈现樱桃红色。未发现任何灯光信号。对我船的呼叫，信天翁号没有任何回应。我船正在关闭反应堆，开始救援行动。呼叫完毕。”

隔壁房间的蜂鸣警报器响了。明戴尔和另一名工作人员走出了房间。佩尔克斯全身的肌肉都绷得紧紧的。天哪，他要是在现场该有多好啊！过了一会儿，明戴尔回来了。

“怎么这么吵？”船长问道。

“乘客们想知道，他们什么时候能继续跳舞。”佩尔克斯没去留意听明戴尔是怎么回答的，他依旧目不转睛地盯着扬声器。

“不会耽搁太久。”船长直截了当地淡然答道，“打开显示器，我们正在靠近事故现场。再过几分钟就能看到信天翁号了。明戴尔先生，最好再拉一次警报，马上就要开始刹车制动了。”

“遵命，长官。”明戴尔回答，然后离开了房间。

扬声器里传来一个声音。

“月球基地呼叫火地飞船泰坦号，精灵702号！注意！注意！注意！弹道8号报告说，在65分域中心地带，观察到一次闪光，亮度-4。冲刺者号和信天翁号，均无应答。信天翁号上的一个反应堆可能发生爆炸。为了乘客安全，火地飞船泰坦号必须停留在原地，并立即报告当前状况。弹道8号和精灵702号可自行决定下一步行动。再重复一遍，火地飞船泰坦号必须……”

所有目光都集中在船长身上。

“明戴尔先生，我们能在1毫秒差距内停下来吗？”

明戴尔看了看腕表。

“不能，长官。监视器屏幕上已经能看到信天翁号。直线刹车，至少需要6 g的反向加速度。”

“如果我们改变航向呢？”

明戴尔说：“减速掠过，我们也需要3 g的反向加速度。”

“好吧，就这么定了。”船长站起身，大步走向麦克风。

“火地飞船泰坦呼叫月球基地。以当前速度，不可能及时停船。正以一半推力进行转弯机动，来改变航向。正从65分域转移至66分域，航线202。请为我船清空该航线上的阻碍。呼叫完毕。”

他说完，扭头又对坐在旁边的那个人说了一句：“等待基地确认。”明戴尔对着对讲机喊了一声，蜂鸣警报器响了起来，墙板上的灯忽明忽暗，房间里似乎变得越来越暗。这就是所谓的“昏暗症”，是由于极速减速时，眼球里的血流被甩出而引起的。佩尔克斯双腿稍稍下蹲，稳稳站定在原地。泰坦号正在同时刹车和转弯。整个船体都在轻微震颤，多处引擎同时加速运转，一阵刺耳的隆隆声，涌进了控制室。

“所有人都坐下！”船长突然喊道，“我这里不需要什么英雄！”

所有人都齐刷刷扑通一声，趴倒在了地板上，幸好地板上垫着一层厚厚的泡沫橡胶。

“下面肯定乱成了一团糟。”一个趴在佩尔克斯手肘旁的人嘟囔道。

船长捕捉到了这句话。他安坐在椅子上来了一句：“保险公司会赔偿的。”

现在的反向加速度应该是3 g或更高，佩尔克斯感觉，想要抬手摸一下脸都很吃力。他暗想，现在所有乘客应该都已安然撤回各自的船舱了——可是，天哪，厨房和餐厅会乱成什么样？一整艘飞船的瓷器全都撞个粉碎！可以想见，温室也会遭殃，到时候还能剩下点什么！

“弹道8号呼叫所有飞船。信天翁号已进入扫描范围。船体完全被一团云雾笼罩，只看得见船尾呈现樱桃红色。我船正在完成刹车制动，正派出搜救队，以寻找幸存者。冲刺者号没有回应。呼叫完毕。”

加速度在逐渐减小。有人从门口探出头来，告诉大家可以站起来了，众人纷纷站起，安静地拥向主控制室。佩尔克斯是最后一个进入主控制室的，仿佛走进了一个为巨人们开设的电影院，整面墙被一块8米宽、16米高的巨大凸面屏幕占据。主控制室里所有的灯都关着。在太空群星的幽邃背景上，泰坦号中轴线的左下方，正是信天翁号——一块正在闷燃的炽热银块，尾部闪着红光，像是一块燃烧着的煤块，又像一个快燃尽的烟头。这个微弱的红点，加上这个细小的窄条，形成了一个微微扁平的透明气泡的核心，气泡表面布满无数刺状、倒钩状的细小突起——核爆炸产生的碎屑团，正随着冲击波向外扩散，逐渐消散入虚空。突然，众人向屏幕前涌上了几步。在屏幕最底下，右下角，有一个光点开始脉动。是冲刺者号！

“信天翁号上发生不可控的连锁反应，停顿，我船发生人员伤亡，停顿，我船遭受严重烧伤，停顿，请求医疗援助，停顿，爆炸导致无线电信号发射器损坏，停顿，反应堆发生核泄漏，停顿，如果无法控制核泄漏，准备丢弃反应堆，停顿。”佩尔克斯从持续闪烁的信号灯中解读出以上信息。

信天翁号的船身已经不见了，只剩一大团碎片，仿佛一个琥珀黄色的气泡，悬浮在群星之间。此刻，泰坦号正沿着一条新航线，迅速远离事故区域。气泡正向着左下角越飘越远。

通往无线电室的门微开着，一束光漏了进来，刺破了主控制室里的黑暗，无线电传输的嘀嗒声也跟着漏了进来。

“弹道8号呼叫月球基地。我船正停泊在65分域中心区域。冲刺者号位于我船下方几毫秒差距。冲刺者号报告有船员伤亡，并发生反应堆泄漏。冲刺者号准备放弃反应堆。我船正在响应冲刺者号的医疗救助请求。信天翁号爆炸产生大量核放射性云雾，表面温度超过1 200摄氏度，核污染云雾阻碍搜救任务。我船观测到火地飞船泰坦号，正全速从我船上方掠过，飞往66分域。我船正在等待精灵702号的到来，稍后将发起联合救援行动。呼叫完毕。”

“各就各位！”有人大喊一声，控制室后方的灯光全都亮了起来。室内的人群一阵骚动，向几个方向散去；明戴尔站在控制台旁，开始发号施令。没过多久，房间里只剩下船长、明戴尔和佩尔克斯，还有那名较年轻的无线电电报员。电报员独自站在一个角落里，眼睁睁看着大屏幕上的气泡逐渐膨胀，缓缓消散入虚空里。

“哦，我刚才没认出你来。”船长说着，伸出手来和佩尔克斯握了握手，仿佛他是刚注意到佩尔克斯。“精灵号有消息吗？”他越过佩尔克斯的肩膀，问站在门口的一个人。

“报告，长官。精灵号还在赶来的途中。”

“好。”

他们又逗留了一会儿，继续看着大屏幕。最后一点核污染碎屑也消散了，屏幕上再次出现了布满群星的深邃虚空。

“您觉得情况如何？能找到幸存者吗？”佩尔克斯问道，不知为什么，他总觉得船长比他更了解状况。毕竟，船长应该什么都清楚。

“他们的舷窗盖一定是被卡住了。”船长答道。他至少比佩尔克斯矮一头，头发是铅灰色的。佩尔克斯突然觉得，灰色似乎又加深了一点。“明戴尔！”船长瞥见工程师走过门口，喊道，“能不能去把乘客警报解除了？他们可以继续跳舞了。”他又转头对沉默的佩尔克斯说，“你乘坐过信天翁号吗？”

“没有。”

“隶属于一家西方公司。2.3万吨。”他被打断了。“是吗？什么信息？”

无线电电报员递给他一张纸条。佩尔克斯只看清开头写着：“弹道号呼叫……”

他退到一旁。发现自己仍然在阻碍交通，他退到一个角落里，靠墙站定。不一会儿，明戴尔闯了进来。

“有冲刺者号的消息吗？”佩尔克斯问道。明戴尔掏出手帕擦着额头，佩尔克斯心里突然涌起一种感觉，仿佛他已经和这个人熟识多年了。

“冲刺者号差点撞上信天翁号，”明戴尔说着，大大喘了口气，“被信天翁号上的核爆炸波及，冷却系统出现泄露。这狗娘养的冷却系统总是最先崩溃。有一些船员一级和二级烧伤。医疗救护队已经抵达。”

“弹道8号的医疗团队？”

“对。”

“船长！月球基地在呼叫！”有人在无线电室的门口大喊，把船长叫走了。佩尔克斯和明戴尔面对面站着，明戴尔把手帕放进口袋，本能地摸了摸肿胀的脸颊。

佩尔克斯本想继续盘问他，但想了一下，只是微微点头示意，然后转身走进了无线电室。扬声器里都是针对信天翁号和冲刺者号的询问，分散在五个不同分域的众多飞船正在接连不断地呼叫。最后，月球基地不得不让所有飞船都保持无线电静默，以便开始清理65分域附近因临时通航禁令而产生的混乱。

此刻，船长正坐在一张书桌前写着什么。突然，电报员摘下了耳机，推到一旁，仿佛已不再需要耳机了——至少佩尔克斯是这样理解他的手势的。佩尔克斯正想向他询问信天翁号上是否有人成功逃生，这时，电报员察觉到背后有人，猛地扭过头，眼睛直勾勾地望向他。佩尔克斯一言不发，穿过标有“只许星际人员入内”字样的门，离开了控制区域。

终　端

在车站下了车，还有很长一段路，提着行李箱，走得更是辛苦。黎明前的昏暗中，晨雾如一大群簇拥着的幽灵，蹲伏在地面。柴油卡车在沥青公路上飞驰而过，轮胎嗡嗡作响，转弯时，红色尾灯闪烁了几下，留下两道银白废气。佩尔克斯把手提箱换到另一只手上，凝视着天空。群星亮度不够，他暗想，天空中有一层低悬的薄雾。他习惯性地找寻火星作为参考星。就在这时，灰蒙蒙的晨光漾动起来，白雾被一种耀眼绿光刺透。他本能地缩起下巴。一阵低沉的隆隆声响起，一阵热风拂来。地面震动。几秒钟后，一轮绿色太阳从大地上升起。积雪阴森森地闪耀着绿色，一直延伸到天边，灯柱的影子快速跳跃向前，那些还没来得及被染成鲜绿色的东西，又被余烬染成了红色。佩尔克斯放下手提箱，搓了搓手。远处一座尖塔正挣脱地球引力，一个火球，推动着它冉冉上升——尖塔底部散发着诡异光芒，飞离盆地，高悬在一条锯齿状天际线之上，仿佛是某种反重力的悬浮建筑奇观。雷鸣声很快就变得响亮，轰隆起来；透过手指，他看到远处有一簇塔楼、建筑物和水罐，正沐浴在灿烂光芒中。控制塔的窗户反射着耀眼的光，仿佛塔内正肆虐着一场大火，整个轮廓在炽热空气中快速变形破碎。随着这一奇观的缔造者，在那声悠长的胜利咆哮中渐渐远去，天空中只剩一环巨大的黑色废气。不久，一阵温暖的大滴水珠，从繁星点点的天空洒落。

佩尔克斯拎起手提箱，继续向前跋涉。仿佛火箭突破了黑夜；这时，白昼骤然降临，照亮了他周围的一切：脚下沟渠里是融化的积雪，眼前的盆地，正突破薄雾笼罩，浮现出来。

湿漉漉的闪光飞船四周，围着一圈覆着草皮的掩体，方便地面员工躲避尾焰。被雨水浸透的枯草很滑脚，但佩尔克斯太着急了，顾不上去走人行横道。他一跃而起，冲上了草坡顶部，尽情地注视着飞船。

飞船孤零零矗立着，像一座高高的尖塔，比周围所有建筑物都高。一个过时的巨人。佩尔克斯在混凝土地面上的无数水坑间择路而行，热风袭来，水分瞬间被蒸发，水坑正快速变小，终于，长方形石板在他脚下发出又硬又脆的咔嗒声，仿佛经历了一个夏天的干旱。他走得越近，脑袋就仰得越高。这飞船的外壳仿佛用胶水涂过，再用粘满泥巴的破布擦过。显然，维修工人是想用硬质合金石棉纤维来加固钨护罩。理由很充分。这么大质量的飞船，在重返大气层时，空气摩擦产生的热量，可能会把船壳撕成碎片。光剥去表层船壳和蒙皮还不算完。因为空气阻力太大，整个飞船最终都会分崩离析。但这么处理，会极大损害飞船的稳定性、机动性……这简直就是犯罪，该被告上宇航法庭。

手提箱越来越沉，但佩尔克斯慢悠悠走着，绕着飞船走了一圈，饶有兴致地仔细检查着船壳。在天空映衬下，发射架仿佛一道天梯，所有东西都蒙上了一层暗灰色：整个船壳，散落在混凝土地面上的空板条箱、金属圆筒、生锈的废铁、一卷又一卷的金属软管……这番杂乱景象说明，一场快速装货作业刚刚收工。离发射架不到二十步，他停下脚步，放下手提箱，查看发射台。巨大的可移动装载坡道就架在离船体不到两米处，抓钩悬在半空中。他暗想，看来，货物已装载完毕。他绕着锚定飞船的固定钢夹走了一圈，然后走进船尾之下。此刻，在朝霞映衬下，飞船俨然成了一座高耸的黑塔。在飞船重压下，固定钢夹周围的混凝土已经沉陷，裂缝正向各个方向扩散。

哎哟！他想，船主可得赔一大笔钱了。他走进船尾下方的那圈阴影里，站在了主推力室正下方，仰起头。船尾内壁沾满烟灰，船尾离地太高，他够不到。他疑惑地嗅了嗅空气。发动机很冷，但空气中仍然弥漫着电离气体的刺鼻味道。

“到这里来！”有人在他身后喊道。他转过身，但没看到什么人。同样的喊声又从三步开外的近处传来。

“嘿，有人在吗？”他喊道，声音在穹顶状黑色船尾下回响，头顶分布着多个引擎喷管。

无人应答。

他快步走到飞船另一边。300米外，几个工人排成一列，正拖着一根燃料软管，穿过发射场。除此之外，发射台上空无一人。他竖起耳朵仔细聆听。他又听到了一些声音，模糊、怪异，从更高处传来。他想，排气管就好比是碟形放大器。他跑回去拿起手提箱，朝发射架走去。

他径自爬上六层楼高的发射架，脑子里满是各种莫名的担忧。发射架最高处是一个铝制护栏环绕的平台，但佩尔克斯没有停下来环顾一下周围的景致，没有怅然远眺，也没有深情告别。打开舱门之前，他伸手摸了一下装甲钢板，手感粗糙如锉刀，如风化严重的岩石。

“真倒霉。”他喃喃地说。推门很费劲，仿佛门后挡着一块巨石。气闸室内部活像一个橡木酒桶。他伸手在管道上抹了几下，用手指捻了捻抹下来的灰尘，有锈迹。

当他挤进内舱门时，发现密封垫圈有修补痕迹。好几条通道，像极了垂直隧道，每一条里面都装有一长排照明灯，光线在通道远端融汇成一片模糊的蓝色。一片寂静，只听到通风扇稳定的嗡嗡声，和一个暗藏水泵发出的噜噜声。他挺直身体。一大堆坚固的甲板和装甲钢板，紧紧包围着他，简直成了他身体的延伸，成了他的一部分。1.9万吨……太离谱了！

去驾驶舱的一路上，他一个人也没见到。通道里一片死寂，寂静如真空，仿佛飞船已被送上太空。防撞墙板污迹斑斑，导引索松垮朽烂。钢板之间的焊缝，有几处经过多次拼接和焊接，发黑隆起，倒像是在火里烤焦的土豆。他穿过一个又一个坡道，走进一个六角形隔间，每面墙上都有一个圆形金属门。门上安装的不是气动阀门，而是包绳的铜手柄。

一排没点亮的显示器屏幕，仿佛许多只白内障玻璃眼。他敲打了几下键盘，继电器咔哒一响，金属控制台开始嗡嗡作响。但屏幕没亮起来。

“现在怎么办？”他叹了口气，“难道跑去边检投诉吗？”

他打开舱门。驾驶舱的陈设倒更像一个宫殿。他看到自己倒映在一排空白屏幕上：头戴被雨淋皱的帽子，身穿轻薄大衣，手拎手提箱，看着倒像是一个到处奔忙的守法公民。一排人体工学宇航躺椅安装在液压底座上，尺寸相当大。躺椅已很老旧，海绵失去弹性，靠背处深凹成了一个男人的宽阔后背轮廓。他把手提箱放在地板上，走到最近的一张躺椅旁，躺椅在地板上投下的阴影，倒像是上一位领航员的幽灵。他拍了拍椅背，一蓬灰尘飞起，他鼻子一痒，突然打了个喷嚏，正想生气，却又忍不住哈哈大笑起来。宇航躺椅扶手上的泡沫橡胶垫已经破损，电脑也是他从未见过的型号。他仔细琢磨了一下，设计师一定是抄袭了伍利泽电脑的外形设计。控制台上布满了刻度盘；没有人能同时监视所有刻度盘，即使有一百只眼睛也不行。他缓缓转身，视线环视了一圈。杂乱的焊接电缆、被腐蚀的隔离板、因频繁操作而锃亮的应急手动舱门、褪色的红色灭火器……这艘飞船上的一切，都是如此陈旧、破败和肮脏……

他踢了一下宇航躺椅的减震器，液压杆立刻出现了渗漏。

他暗想，行吧，既然别人能把它开到火星，我肯定也能。他走回通道，通过另一个舱门，拐进外侧通道里，继续往前走。路过电梯井，他注意到墙面有一块突起，有一块地方的颜色更深一点。他伸手一摸，证实了自己的怀疑：果然是一块修补水泥。他在通道里搜寻其他破裂痕迹，但没有找到；其他各处的墙壁和天花板，都像新的一样。他的视线转回到舱门上。水泥表面凹凸不平，依稀可见模糊的手印，看来修补得极其仓促。他进了电梯，下到反应堆舱室，窗外连续闪烁过几个发光数字，显示出甲板高度：7……6……5……

下层甲板很冷。出了电梯，一条通道弯弯曲曲，不断有其他通道汇入，汇成一条又长又窄的走廊，走廊尽头，就是反应堆舱室的门。每走近一步，气温就降低一点。头顶是一排落满灰尘的灯，他呼出的气，被照亮成了银色蒸汽。他惊恐地摇了摇头。是制冷机，他暗想，一定就在附近。他停下来仔细聆听。金属舱壁发出微弱但稳定的震动。临近反应堆，走廊天花板陡然向下倾斜，每走一步都有回声，仿佛他正一步步走向地下。门被密封得严严实实。他把全身重量都压在把手上；门把手纹丝不动。正想抬脚猛踹时，他突然想起来，得先拔出安全栓，才能扳动门把手。

接着，又是一道如银行金库门般坚固厚实的双开门。与视线齐平处，门上的珐琅表面还没完全剥落，几个红色字母还清晰可辨：NGR（核动力室）。

门后是一条更窄的通道，几乎漆黑一片。他刚踏进门，咔嗒一声响，一道刺眼灯光直射在他脸上，一盏红色警示灯闪现出一个骷髅头标志。

过去的安全管理还挺严格的。他暗想。他下楼走进反应堆室，金属楼梯发出响亮的喀啷声。走到下面，他感觉自己像是站在一条干涸护城河的河底；在他对面，像中世纪堡垒城垛一样拔地而起的，是反应堆的灰色两层防护罩，表面布满黄绿色麻点状凹痕，这是辐射泄漏留下的疤痕。他开始快速清点凹痕数量，但当他向上登上T台，从上面检查反应堆时，他放弃了清点。某些混凝土墙段上，布满捂了水泥浆的裂缝。

T台由金属立柱支撑，被六块玻璃板包围，与房间其他部分隔绝，形成一个巨大的透明立方体。可能是铅玻璃，以减少辐射。旧式核工业建筑的遗迹。太古雅了。

一圈伽马射线计数器，聚拢在一个扇形遮挡罩之下，每一个计数器的探针都直指反应堆中心。他发现，所有仪表都被安置在一个单独隔间里，除了反应堆空转读数仪，所有仪表的指针都指向零。

佩尔克斯吃力地挤进隔间，跪在地上，向观测井里窥视。潜望镜片背面的镀银层，早已因年代久远而斑驳不堪。他暗想，一定是核辐射长期过量。那又怎样？这是去火星，又不是去木星，10天就能跑一个来回。燃料备足，能跑好几趟。他激活了镉棒。指针颤抖着，不情愿地移向右边。他检查了一下延时：很接近边检的忍耐极限，但勉强能过关。

角落里有个东西动了一下。一对发光的绿点。他盯着绿点看，绿点突然动了，缓缓向后退去，把他吓了一跳。他向前逼近一步：是一只猫，一只瘦骨嶙峋的黑猫。它喵喵叫唤着，走了过来，用脊背蹭他的小腿。佩尔克斯微微一笑，仔细打量起这个房间，只见高处一个金属架子上，放着一排笼子。不时有一团白色东西在笼子里闪过，一颗闪闪发光的小黑眼珠，透过网眼向外张望。一群老鼠。一些老旧飞船仍在使用老鼠作为活体辐射测量仪。他弯下腰去抚摸那只猫，猫却一个闪躲，溜开几步，又一动不动地停了片刻，转身走向房间里那个最黑暗、最狭窄的角落。它拱起背，喵喵轻声叫着，伸出爪子，爬向一处混凝土扶壁，扶壁上有一个长方形的通道口。猫尾巴僵直，轻轻扭动着尾巴尖，缓缓向前移动，光线暗得几乎看不清。佩尔克斯好奇地蹲下来，想看得更清楚些。倾斜的扶壁上有一扇半开的小门。里面有什么东西在闪闪发光，起初他还以为是一卷金属软管。猫一动不动地站着，浑身毫毛倒竖，僵硬的尾巴尖在空中划着小圈。

“哦，见鬼，里面什么也没有。”他嘟囔着，蹲下身仔细查看这个黑暗的小隔间。里面坐着一个人，上半身散发着暗淡的金属光泽。猫喵喵叫着，走向隔间门口。佩尔克斯的眼睛渐渐适应了黑暗；很快，他看到了一双高高翘起的尖膝盖，一副低光泽金属做的护胫，抱在护胫上的一对分节手臂。脑袋则隐没在阴暗中。

“喵呜。”猫叫了一声。

一只金属手臂吱嘎作响着伸了出来，指尖伸直，与地面搭成一个斜坡。猫立刻跑上那个驼背人的手臂，爬到了他的肩膀上。

“嘿，你！”佩尔克斯叫道，他也拿不准自己是在喊猫，还是在喊那个造物。那只胳膊正缓缓往回缩，动作仿佛很吃力，佩尔克斯一声喊，胳膊立刻僵在当场，手指在混凝土地面上撞出当啷一声响。

“是谁在那儿？”一个声音传来，听着像是在金属管里过滤过一遍。

“你在这儿干什么？”佩尔克斯问道。

“终端……冻结在……这里……看不见……”机器人结结巴巴地说，声音沙哑。

“是你在负责反应堆吗？”佩尔克斯问道，他已经不指望能从这机器人身上打探出些什么了，它几乎和飞船一样破败不堪。但也许是那双忧郁的绿眼睛，让他不忍就此置之不理。

“终端……反应堆……”躲在混凝土避难所里的机器人结结巴巴地说。“终端负责……反应堆。”它重复了一遍，带着一种低能者自鸣得意的口吻。

“站起来！”佩尔克斯大喊一声，因为实在没别的话可说。

一阵吱嘎作响，佩尔克斯不禁倒退几步，只见两只手指大张的铁手从黑暗中冒了出来，左右挥舞一番，摸到墙缘并抓住，把吱吱作响的躯干拉了起来。紧接着，一个半躬着的金属躯体钻了出来，又一阵金属关节的吱嘎乱响，机器人终于站直了。他各个关节处都糊着一团黑色污泥，应该是漏出的机油，与灰尘调和而成。机器人前后摇晃个不停，与其说是个机器人，更像个披挂锈盔破甲的蹩脚骑士。

“这里是你的岗位吗？”佩尔克斯问道。

机器人一双玻璃眼向着反方向扫视了一个来回，本就扁平的金属脸看起来更宽了。

“密封水泥已准备完毕……2磅、6磅、8磅……视野模糊……冷……”

声音不是发自机器人头部，而是发自胸甲。

那只猫蜷成一团，蹲在机器人肩膀上注视着佩尔克斯。

“密封水泥已准备完毕……”终端一边继续咕哝着，两只手臂一下一下铲个不停。这动作佩尔克斯很熟悉：它这是在铲水泥，下一步就会抹在裂缝上。机器人的生锈躯干摇晃幅度越来越大，黑猫嘶嘶叫起来，伸爪猛挠机器人的铁胸甲，但终于失去平衡，倏地往下一跳，擦过佩尔克斯的腿，消失进了黑暗里。机器人似乎根本没注意到猫。机器人已不再吱声，手却没有停下，但动作越来越抽搐，幅度越来越小，仿佛一声越来越微弱的咕哝，终于嘎吱一声，停止不动了。

佩尔克斯抬头看了一眼反应堆外墙，伤痕累累，斑驳风化，到处都是水泥补丁的黑色斑块。他又看向终端。它一定和这艘飞船一样老，甚至更老。他两个肩膀一高一低，臀部和大腿有多处焊疤，接缝处呈现出过热烧灼的灰蓝色光泽。

“终端！”他大吼一声，就像在吼一个聋子，“回到你的岗位！”

“终端听从您的吩咐。”

在一阵金属咯啷声中，机器人像螃蟹一样，一边后撤一边蹲伏，缓缓退进自己的狭小避难所里。佩尔克斯扫视整个房间，那只猫却已不见了。他爬上楼梯，把身后的气密门封牢，乘电梯来到第四层的导航室。

导航室低矮而宽敞，红色橡木镶墙板，低矮天花板架有横梁，铜环舷窗透着阳光，更像是一个海船船舱。40年前，这种航海装饰风格风靡一时，就连塑料墙板也刻意做成老式护壁板的式样。他打开一个舷窗，差点一头撞在一堵白墙上：阳光是假的，由白炽灯人工模拟。他砰地关上舷窗，转过身来。浅海蓝色的大幅星图，像极了世界地图集里的海洋插图，从星图桌垂到地板上；角落里散落着大量复写纸，上面画着各种航线图；一盏小射灯，照亮了一块绘图板，板子表面有好几个圆形小凹陷；角落里有一张书桌，桌旁是一把橡木旋转办公椅，固定在地板上，椅子两侧是一个巨大的嵌入式书架。

简直就是一艘活生生的诺亚方舟。

怪不得船务代理在合同签署后说：“你将掌管一艘历史悠久的飞船。”

但老旧和悠久根本不是一回事。

他一个接一个地拉开书桌抽屉，终于找到了航行日志。一本光滑的皮面大本子，铜书扣已经失去光泽。他站着端详片刻，还是不敢坐上那张破旧松垮的办公椅。他翻开日志封面。

第一页上有试航日期，还贴有一张技术参数表的复印件。他又看了一眼日期，眼睛一下子瞪圆了；那时候他还没出生呢！他翻到最新也是最关键的那一页。日志内容证实了船务代理的说法：过去一周，这艘船一直在装载机器设备和普通货物，准备运往火星。原定于28日的发射被多次推迟，今天已是滞留的第三天。怪不得船东催得这么急：地球航天港的滞留费非常贵，足以让一个百万富翁倾家荡产。

他慢慢翻阅着，视线偶尔在一些导航术语、航线数据或计算机数据上停留一下，但一掠而过，仿佛在寻找其他什么东西。只有一页与众不同，那一页的标题是：

飞船交付给安珀斯-哈特造船厂，进行A级修理。

这是三年前的记录。

让我们瞧瞧到底修理了什么。出于好奇，他浏览了一下零件更换清单，每看一项，他的怀疑就增加一分：烧蚀防护板、16个甲板分段、防护支架、密封舱壁……

新的舱壁和防护支架？！

好吧，船务代理的确提到，飞船发生过什么事故。但是见鬼，哪里是什么事故！更像是一场大灾难！

他往前翻了一页，仔细查验上面填入的信息：

目的港：火星。有效载荷：普通货物。船员：普拉特（轮机员兼大副），韦恩（二副），波特和诺兰（飞行员），西蒙（机工）……

嗯。没提到船长。

他又翻了一页，不禁缩了一下脖子。

这艘飞船的第一次出航日期是——19年前！飞船最高阶指

挥员的签名，是一等领航员莫姆森。

莫姆森！

他心头突然腾起一股热浪。

不可能！不可能是那个莫姆森！而且……莫姆森指挥的是另一艘飞船！

不过，日期对得上；正好是19年前，哇哦，有意思！别急……

他又回到日志旁。笔画有力，墨水已褪色变淡。他一页一页地翻阅。第1天，第2天，第3天……反应堆中度泄漏0.42伦琴/小时。所有裂缝已密封。航线坐标……参考恒星……

应该就是这个！

他不再细读那些手写的字句，快速往下寻找。

就是这个！

这就是他上小学时被迫背诵的日期，这一页上写着：

16:40。收到火星呼叫。已航行至火卫二。警告：受木星引力干扰，狮子座小行星群发生异动。一大团细碎陨石，正以40千米/秒的速度，向我船袭来，将与我船航线发生交会。小行星警报证实。已向船员发出警报。尽管反应堆发生持续泄漏，泄漏速度0.42伦琴/小时，我船将全力推进，执行逃逸机动，拐向猎户座三角洲。

新段落：

16:51。正_____

这一页的其余部分全是空白。

没有标记，没有乱涂乱画，没有任何墨迹——除了最后一个字的最后一个笔画的延伸外，什么都没有，显然是在忙乱中，最后一笔被拖长了笔画。

这一笔也就几毫米长，歪歪扭扭，在白纸上漫无目的地游荡了几秒，却道出了整幕惨剧：连续不断的撞击、爆炸式减压、船员们在喉咙和眼球爆裂时的凄惨尖叫……

但莫姆森的飞船名字不一样。它叫什么名字来着？

奇怪。一艘几乎和哥伦布帆船一样著名的船，他却不记得它的名字了！

莫姆森指挥的最后一艘船，到底叫什么名字？

他冲到书架旁。厚厚的劳埃德船级社飞船目录，似乎一下子就跳进了他手里。一个以c开头的单词，宇宙人（Cosmonaut）？不是。秃鹰（Condor）吗？也不是。一个更长的名字……一个剧名……一个英雄，一个骑士……

他丢下书，眯起眼睛扫视了一圈墙壁。图表柜和书架之间挂着一些仪器：湿度计、辐射计数器、二氧化碳测量仪……

他仔细检查每一个仪器，转过来转过去地看了好几遍。没有一个上面有铭文。事实上，这些仪器看起来是全新的。

有了！就在那个角落里！

橡木镶板上嵌着一个精密计时钟，表盘闪闪发光，看着很是显眼，相当古色古香，堪称古董，表盘周围还装点着可爱的黄铜小配饰……他二话不说，拧掉螺丝，小心翼翼用指尖抠出计时钟，捧在手掌里。光滑的镀铜底边，刻着一个名字：科里奥兰纳斯（CORIOLANUS）。

就是它，莫姆森的科里奥兰纳斯号。

他扫视了一下船舱。原来，在最后时刻，莫姆森就在这间船舱里，坐在这把椅子上！

他赶紧翻开飞船目录。“科里奥兰纳斯”：注册于……净重量19 000吨……发射于……铀–氢反应堆，型号……冷却系统……最大推力……地火航线；与狮子座小行星群相撞后，被列为失踪飞船；16年后，一艘巡逻飞船在其巡逻轨道的远日点，发现了科里奥兰纳斯号……在安珀斯–哈特船厂进行了A级维修……由南方公司重新引入火地航线……被许可用于普通货物运输……保险额……嗬……嗯……哈，有了……重新命名为“蓝星号”。

他闭上双眼……天哪，这里好安静。原来如此，船东改了名字，应该是为了方便招揽船员吧。也许这就是那个船务代理暗示的……

他回想起，自己还是航空学院学员时，他们基地的一艘巡逻艇发现了那艘残骸……当时，小行星警告总是来得太晚……调查委员会的报告，结论简明扼要：“突发性灾难。不是人为过错。”……船员们呢？证据表明，并非所有人都当场死亡……船长就是幸存者之一，多亏了他，尽管船员们被垮塌的舱壁彼此隔绝，毫无获救的希望，仍然坚持到最后，坚持到最后一瓶氧气……但这个励志故事还有另一面，媒体捕捉到了一个病态细节，持续播报了好几个星期，直到一个更耸人听闻的新事件夺走公众的注意力……到底是什么细节呢？

突然，他眼前浮现出宇航学院的巨大讲堂……他的朋友斯密伽，头发上落满粉笔灰，正在写满数学方程的黑板旁苦苦挣扎……而他自己，正埋着头，偷偷阅读平摊在抽屉底部的一张报纸："唯有死者得以幸存"……当然！只有一个船员能活下来，它不需要任何氧气和食物……那个机器人！16年之久，它一直躺在那里，埋在废墟下！

佩尔克斯站起身。终端！唯一的幸存者，一定就是终端！终端本尊此刻就在他掌管的飞船上……现在正是一个好机会，一个黄金机会……

可到底干什么呢？逼问一个专门封堵核泄漏的机器人，折腾一个已老旧得几乎"又聋又瞎"的机械白痴？简直是笑话。这都是新闻界的错，新闻界总想着把一切事情都搞得耸人听闻，醒目大标题把终端称为那场悲剧的"神秘证人"，甚至成立了一个媒体委员会，对他进行了非公开访问。但终端一开口就是些愚蠢的废话。真是个天大的骗局！

他砰的一声合上日志，扔回抽屉里，看了一眼时间。

08 : 00。时间紧迫。他开始收拾航运文件。一切都已准备妥当，只等发射：各处舱门紧闭，卫生检查员和港口检查员已离场，清关完成，报关单已递交……他浏览了一下货运提单，吃惊地发现，居然找不到任何货物清单。机器，好吧，但到底是什么机器？皮重是多少？为什么没有载货图，指明压载物的配置？除了总吨数，以及一份显示货舱内货物分布的粗略图纸，什么也没有。为什么船尾只装载了30万吨？为了减轻起飞时的最大负荷吗？为什么他之前没注意到这一点？他心烦意乱地在文件中翻找着，一时竟完全忘了这艘飞船的历史。然而，当视线无意间落在那只精密计时钟上时，他回想起了什么，心中不禁一凛。一秒钟后，他找到了他要找的东西：一张小纸条。上面写道，在最后一个货舱，最靠近反应堆舱室的那个货舱里，存放着48箱通常被称为“易腐坏食品”的东西。“为什么要装在通风最差的舱里？”他有点纳闷。难道他们不懂什么叫易腐坏吗？

有人敲门。

“进来！”他喊道，赶紧把散落在桌上的文件收拢起来，塞回文件夹。两个人走了进来，停在了门口。

“博曼，核工程师。”

“西姆斯，电子工程师。”

佩尔克斯从桌旁站起身。西姆斯是个瘦弱的年轻人，面容古怪，不时急咳一声，眼神飘忽，忽明忽暗。只需一眼，佩尔克斯就看得出博曼是一位太空老手：他黝黑脸庞浮现出一种特殊的橙黄光泽，这是长期暴露在宇宙辐射中才有的。他身高还没不到佩尔克斯的肩膀。(自从开始担当飞行员，佩尔克斯就习惯了细数登船的每一千克重量)。与骨瘦如柴的身材相比，他的脸庞显得臃肿虚浮，还有黑眼袋——这是他多年来饱经辐射考验的标志。他的下唇微微耷拉着。

“总有一天，你自己也会变成那样的。”佩尔克斯伸手与他们相握时，脑子里闪过这样的念头。

真正的噩梦，从09:00开始。发射场一如既往地混乱不堪：许多飞船，正列队等待起飞；每隔6分钟，扩音器就会喧嚣一阵，警告地面人员撤离，火箭马上就要发射；试车引擎发出震耳欲聋的隆隆轰鸣；每次火箭发射升空后，灰尘就像瀑布一样从天空中落下，灰尘刚落定，塔台就迫不及待要给下一艘飞船放行了。为了多争取几分钟，整个发射场不停地忙碌着——每一个航运港口，在高峰时段都会上演这样一幕。绝大多数飞船都飞往火星，火星急需机器和新鲜食物。那里的人们，已经好几个月没吃到水果或蔬菜了，水培日光温室才刚刚开建。

与此同时，装运工作一直持续到倒计时开始的那一刻：起重机、横梁、成包的玻璃纤维、水泥大桶、原油、医疗用品……一听到蜂鸣警报声，地面工作人员全都藏了起来，躲进反辐射掩体中，躲进特种装甲履带车中。还没等防护板冷却下来，他们就已返回工作岗位，又开始了忙碌装运。十点钟时，烟雾缭绕的地平线上，升起了一个红彤彤的肿胀太阳，发射平台的混凝土安全防护板满是裂缝，被尾气熏得漆黑，被尾焰烧灼得坑坑洼洼。修理人员拉来长长的软管，往较深的裂缝里浇筑速干水泥。同时，几辆运输车运来一队穿戴全套防护服的反辐射人员，他们蜂拥而上，用喷砂枪除去放射性灰尘。黑红相间的巡逻吉普车，呼啸着进进出出。控制塔里的某个调度员，正嘶哑着嗓子对着扩音器大喊。回旋镖状的巨大雷达天线，蹲伏在瘦削高耸的塔顶上，不断扫描着天空……总而言之，这是一个普通的工作日。

佩尔克斯忙得不可开交——在清场前抓紧装入最后一批肉，装满饮用水罐，检查冷却系统(冷却系统最多只能达到零下5摄氏度，边检员摇了摇头，但还是仁慈地放行了)，检查空气压缩机（最近虽然刚检修过，但阀门周围凝结着一些水珠）……佩尔克斯的嗓音越来越尖细嘶哑，活像杰里科小号。一查之下才发现，压载水管居然关着，原来是有个白痴，还没等下层水箱灌满，就匆忙关掉了水阀。有许多文件需要签字，一式六份，多半是看都不看就随手签了。11 : 00，离发射还有1个小时，一颗重磅炸弹来了。

控制塔拒绝放行。他们说，蓝星号的喷射系统太老，喷出的放射性尘埃过多；应该加装一个硼氢化辅助推进系统，就像巨人号上的那个，那艘货运飞船已在6点起飞……佩尔克斯嗓子早已喊哑，他平静地接受了这个消息。交通管制员意识到自己在说什么吗？他难道现在才注意到蓝星号的存在？再延迟一次，一定会有麻烦——大麻烦。你说什么？额外的安全措施？什么安全措施？沙包？几个？ 3 000个？完全没问题。但你得保证，让我准时升空。给公司开罚单？随你的便。

他急得浑身是汗。所有人和事，都仿佛串通一气，让本已混乱的局面更加令人绝望：电工在责备机工没有检查应急系统；二等飞行员借口“休息5分钟”溜走，去和未婚妻告别，去了很久仍然没有返回飞船；医务工也不见踪影；飞船被40辆装甲履带车包围，一群穿黑色工装的工人，在塔台扩音器的疯狂催促下，开始在飞船周围堆沙袋；收到一份电报，飞行员不在，是电工接收的，他忘了录下来，只做了口头传达(“抱歉，收发电报不归我管”)……佩尔克斯一阵头晕，只能强作镇定，假装一切尽在掌控之中。在倒数20分钟时，他做了一个戏剧性的决定：他命令将所有压载水从船头水箱抽到船尾水箱。管它呢，最坏情况下，水温不过升高一点罢了……但可以获得更大稳定性！

11 : 40。是时候进行引擎试车了。飞船发射已经迫在眉睫。事实证明，并非所有人都笨手笨脚。比如博曼——佩尔克斯就挺喜欢他。你可能看不到也听不到他，但他把工作处理得井井有条：发动机清洗、低推力、全速推进……倒数6分钟，当收到准备发射的信号时，一切已准备就绪。当医务工出现时，大家已系好安全带。随后冒出来的是二等飞行员，看来他终于告别了未婚妻。他把视线压得很低，偷偷溜进自己的座位。扩音器咆哮着，狂吠着，直到自动定序器归零：发射。

佩尔克斯很清楚，一艘重达19 000吨的庞大飞船，可不是一艘碰一下就散架的巡逻小艇。他还清楚，宇宙飞船不是跳蚤：它不是一下子跳到空中，它必须逐渐增加推力。但眼前的状况让他措手不及！推力计显示，引擎只发挥出一半推力，船体却已处于解体边缘，甚至，飞船还没飞离发射台！他开始怀疑是不是哪个小零件出了故障——这类隐蔽故障极少见，但难免也会发生——这时，高度计指针终于动了。飞船喷着火柱，冉冉升起；船体剧烈震颤；重力仪的指针疯狂乱颤。佩尔克斯叹了口气，又坐回躺椅里，放松全身的肌肉。从现在起，只能听天由命了。飞船刚开始爬升，就收到了塔台的无线电训斥：全速起飞，放射性超标，公司将被罚款，飞船将被禁飞。罚款？佩尔克斯暗想，继续全速推进。让公司见鬼去吧！佩尔克斯冷笑一声，完全不予理会。他甚至懒得去反驳，要知道他明明是半推力发射。他能怎么办？立马关闭发动机，就地降落，请求召开听证会，要求塔台撤销谴责？他才没这个空。

再说，眼下他还有许多别的事情要操心。此刻，飞船正竭尽全力，艰难地冲破大气层。他从没坐过震颤这么强烈的飞船，他终于体会到，坐在攻城槌的槌头上冲击城墙是什么感觉了。整艘飞船都在抖动，即使安全带绑得紧紧的，所有人仍然被震得东倒西歪！连加速度计也在上蹿下跳：先是3.8 g，一下子窜到4.9 g，勉勉强强推高到5 g，立刻又怯懦地跌回3 g。这发射的到底是一艘硬邦邦的飞船，还是一筒七上八下的饺子？飞船全速前进，佩尔克斯不得不用双手捂紧头盔，才能听清耳机里飞行员的声音。噪音震耳欲聋，但这不是顺利攀升的得意咆哮，更像是与地球引力的生死搏斗。有几回，他觉得飞船并不是在攀升，而是悬停在半空中，正拼尽全力，抵抗着地球的吸引力。震颤模糊了舱壁、焊缝……所有东西的轮廓，有那么一刻，佩尔克斯仿佛听到了焊缝裂开的吱嘎声。但这只是幻觉；在这间朦胧变形的疯人院里，要是能听到最后审判的号角，也算是一种幸运了。

佩尔克斯检查加速度计时，顺带环视了一眼，只见所有仪器中，唯有鼻锥热传感器的指针不乱摆、不剧烈波动、持续稳步攀升：2 500、2 800……再往上，只剩寥寥几个刻度了。但飞船甚至还没有接近第一宇宙速度！

攀升了14分钟，飞船的最高速度只有6.6千米/秒。佩尔克斯突然冒出一个可怕念头，那是一直萦绕在太空飞行员心头的一个噩梦般的幻想：要是从视觉扫描仪前掠过的不是云，而是从冷却管中逸出的蒸汽呢？所幸，还没糟到这个地步，这团白色水雾绝对是天空中的云团。医务工面色苍白。佩尔克斯暗想，要真有紧急情况，他还是能派大用场的。工程师们表现得更好。博曼的脸上甚至没有出汗，他脸庞瘦削，表情轻松——像一个闭眼打盹的孩子。这时，控制室地板上已漏了许多液压油；但宇航躺椅的液压杆都还在苦苦支撑。佩尔克斯有点好奇。要真有液压缸爆裂，会乱成什么样？

他早已习惯了更现代的控制台，所以每次扭头去查看推力性能、冷却系统状态、飞船速度、隔热层热负荷，以及最重要的——飞船相对于协同曲线的位置时，脑袋总是转错方向。

飞行员不时对着对讲机大声尖叫，警告飞船出现偏航。没错，只是微小偏差，但在脱离地球大气层时，只要一丁点偏差，船壳某一面的局部温度就会过高，在外部结构中形成强大热应力，通常会导致飞船解体。佩尔克斯唯一的安慰是，在过去的许多次发射中，蓝星号都撑了下来，很可能，这一次它也能撑过去。

此刻，温差电偶已达到了最高温度——3 500摄氏度。再过十分钟，不管船壳是不是耐高温碳化合金，船体都会四分五裂。现在体感温度是多少？他暗忖。不清楚，但肯定很热。他感觉比刚才热多了，但这只是他的想象：控制室温度和起飞时一样：27摄氏度。飞船已升到61千米高处，把地球大气层甩在身后，正以7.4千米/秒的速度飞行，湍流较少，加速度仍是3 g。此时，蓝星号的推力输出似乎已达极限，加速度无法再增加。他根本不知道到底是哪里出了问题。

半小时后，飞船向仲裁者卫星飞去；一旦过了这最后一颗导航卫星，飞船就会转入地球-火星椭圆轨道。船员们纷纷坐起身；博曼在按摩自己的脸；佩尔克斯感觉嘴唇肿胀，尤其是下唇。每个人都有充血、眼睛刺痛、干咳和喉咙痛等常见症状，通常1小时内就会恢复。

反应堆还在勉强运作。反正在真空中，反应堆的性能既不下降，也不增强，实属正常。但蓝星号的运作似乎全然违背了物理定律。奋力推进了那么久，飞船速度才略高于11千米/秒，仅比逃逸速度大一丁点。如果不想踟蹰几个月才抵达火星，他们必须把航速提高到巡航速度。

佩尔克斯和其他领航员一样，惴惴不安地等待着仲裁者卫星来找茬。比如因为尾焰太大而被训斥，或者为了给更重要任务让道而被迫转向，或者由于电离放电造成无线电干扰而被抱怨。虚惊一场。仲裁者卫星一言不发，就让他们通过了，只发来一份迟到的无线电报，警告前方有一片“高真空”区域。佩尔克斯回应表示收到警告，就此结束了这场礼节性的太空交流。

一旦锁定火星，佩尔克斯就下令提高推力，船员们纷纷起身，伸展四肢，四处走动，兼任厨师的无线电机工则前往厨房去做午饭。大家都很饿，尤其是佩尔克斯，他登船前没吃早饭，发射时又出了很多汗。

驾驶舱内的温度正在上升，防护罩摩擦产生的热量开始传导进驾驶舱。空气中也弥漫着一股淡淡异味，液压杆中漏出的油，围着宇航躺椅滴落成了一圈小水洼。

核工程师下到反应堆舱室检查中子泄漏情况去了。佩尔克斯一边望着群星，一边和电工有一搭没一搭地闲聊，原来他们认识不少共同的朋友。自从登船以来，佩尔克斯第一次放松下来，看到了事情光明的一面。不管蓝星号有多老旧，19 000吨的吨位都不容小觑。指挥这么庞大的一艘老船，要比驾驶一艘普通货船困难得多。更困难，没错，但也更能赢得名声，能给自己的履历添彩。

当飞船驶离仲裁者卫星150万千米时，全船士气第一次遭受打击：午饭根本就难以下咽。原来，那个无线电机工根本不懂什么厨艺。抱怨得最大声的是医务工，他是最倒胃口的。就在发射前，医务工买来几只鸡，并把其中一只托付给无线电机工来烹饪；结果端上来一锅飘满鸡毛的汤。其余船员吃的是牛臀排，煎得很硬，估计嚼上一百年也不一定嚼得烂。

“有点硬，不是吗？”二等飞行员评论道，他用力叉了一下牛排，牛排直接弹飞了出去。

看来无线电机工的脸皮也很厚很硬，他告诉医务工，鸡汤没什么问题，只要动动勺子，把鸡毛稍微捞掉几根就行。佩尔克斯觉得自己有义务在这场纠纷中充当调停者，作为船长行使一点权威，但他笑得喘不过气来，根本顾不上说话。

吃了一顿罐头午餐后，佩尔克斯慢吞吞地回到驾驶舱。他让飞行员进行单星定位，并在日志中填入加速度计读数。当视线落在反应堆温度计上时，他不禁吹了一声口哨。这可不是反应堆，伙计，这简直是一座火山！仅仅飞行了4小时，反应堆温度就达到了800摄氏度，这可不是闹着玩的。冷却剂正在20个大气压的最大压力下快速循环。嗯，最糟糕的阶段可能已经熬过去了。登陆火星将轻而易举——稀薄的大气层，重力还不及地球一半……但反应堆一直过热，怎么解决？他走到电脑前，开始计算，以目前推力要多久才能达到巡航速度。航速低于80千米/秒，都意味着巨大延迟。

“还有78小时。”屏幕上显示。

78小时？！反应堆准会像一颗过热的鸡蛋一样，炸成碎末。他敢打包票。他决定分阶段提升速度。这就意味着，得重新捋一下飞行计划，佩尔克斯暗想，把反应堆关停一段时间，降温之后再全力推进……到时候飞船会处于零重力状态，行动很不方便……但要不这么办，肯定会误了航期。他吩咐飞行员留意天文罗盘，便离座出门，乘电梯往下，准备去一趟反应堆舱室。他正沿着一条两旁都是货舱的昏暗通道往前走，突然听到一阵空蒙的敲击声，仿佛一个装甲骑兵中队正驶过一块钢板。他加快脚步。一只猫——还是那只黑猫——不知从哪儿蹦了出来，在他两腿之间磨蹭着。不远处，一扇门砰的一声关上了。当他走到主通道那洞穴般的入口时，敲击声平息了。面前是一条惨寂的暗廊，尽头亮着一个孤零零的灯泡，还在因刚才撞门产生的撞击，兀自颤晃个不停，这暗淡的微光，多少给了他一点宽慰。

“终端！”他喊了一声，但回答他的只有回声。他转过身，沿着主通道一路回到反应堆舱室。博曼早些时候也乘电梯下来过，现在已经离开。沙漠般的燥热空气让他眼睛发痒，热风在空气管道中不停呼啸，与锅炉房的嘈杂声一呼一应。这个反应堆和别的反应堆并无不同，正在寂静无声地运行着。噪音来自全力开动的冷却系统——一种怪异的懊悔呜咽声，回荡在总长几千米的弯曲冷却管中，这些管子深埋进混凝土屏障里，源源不断地循环输入冰冷的冷却液，给核反应堆降温。一排冷却液压力泵的透镜状压力表里，指针全都摆到了最右的最大档。中子通量密度计，则如众星捧月般，高出所有其他仪表一截。它的指针已接近红色区域，这个景象保证会让任何一个边检员心跳漏掉几拍。

粗糙岩石似的护盾表面散发出致命热量；T台金属板咔咔震个不停，把他晃得够呛；电灯在通风口的铁罩上投下一层油亮亮的光。一盏白灯爆闪了一下，熄灭了，旋即亮起一盏红色警报灯。他弯腰钻进T台下面，查看定时开关，却发现博曼已抢先一步。自动定时器已被设定好，将在四小时内中断连锁反应。他没去改动定时器设置，只查看了一下伽马射线计数器。众多计数器嘀嗒嘀嗒响个不停。辐射监测器显示每小时有0.3伦琴的轻微泄漏。他瞥了一眼房间里那个最黑暗的角落。空无一物。

“嘿，终端！”

没有回答。笼子里的老鼠们很不安，不停来来回回，跑成了一群模糊的白色斑点，显然在这么高的温度下很难熬。佩尔克斯爬上楼梯，关紧身后的门。通道里较冷的空气一吹，他顿感一阵寒意：原来他的衬衫都已湿透了。他一时心血来潮，向船尾走去，走过一条又一条通道，接近尾部时，通道变得越来越窄，最后终于走进了一条死胡同。他把一只手放在舱壁上。舱壁是温暖的。他叹了口气，沿着原路返回，乘电梯上了第四层甲板，进了导航室。当他画完航线图时，精密计时钟显示已是21:00。他有点困惑，自己一定是画得太投入了。他关灯出门。

一跨进电梯，甲板却从他脚下滑走了。定时器按照设定好的程序，关闭了反应堆。

昏暗灯光下，船腹中的通道，回响着排风扇匀速运转的嗡嗡声。通道顶上稀稀落落的灯泡，在循环气流中散发着闪烁不定的暗淡光线，仿佛一个个闷燃的烟头。他在电梯门上蹬了一下，沿着通道向下游去，长长通道的下半部，几乎完全浸没在黑暗中。在发蓝的微光中，他游经了一连串还没探索过的舱门，黑色墙壁上点亮着一连串暗红色小灯，每一盏灯后，都是一个紧急逃生舱门。他的动作流畅而舒缓，轻盈滑行在拱形天花板下，他那难以捉摸的流体状影子，漫过甲板，蠕动进一扇半开着的门，溜进了食堂大厅。在他身下，长餐桌表面洒落着好几道光线，两边排列着椅子。他浮游在长桌上方，仿佛一个探索深海沉船的潜水员。光线掠过墙上一排玻璃窗格，撒落成蓝色微芒。餐厅另一头的门，通向另一个更暗的房间。虽然眼睛已习惯了黑暗，但还是得一边摸索一边潜行。他的指尖碰到了一个柔软的平面，说不清到底是甲板还是天花板。他双手一推，在游动中转了个身，静静地向前滑去。一排几何形状的白色物体，在黑暗中闪闪发光。光滑表面摸起来很冷。原来是洗手盆。离他最近的那个洗手盆上，有个深色斑点。血？

他小心翼翼伸手一摸。只是油渍。

第三个舱门。一开门，一道微光照入舱内，只见许多纸张和书本，在空中飘散成一大团，正沙沙作响。这次，他双脚一蹬，朝反方向弹去，又绕回通道里，一进通道，就兜头撞上一团灰尘，灰尘没被撞散开，而是紧紧粘附在他身上，像一层红褐色的长面纱，在他身后拖得老长。

一长串夜灯在甲板上投下一汪水蓝色微光。他游向天花板，顺手抓住垂下来的一根绳子的末端。一松开手，绳子就懒洋洋地向上盘绕，仿佛一条冬眠的蛇，被他的触摸突然激活了。

他猛地回过头。附近传来铛铛铛的回响声，像是有人在用锤子敲击金属。他游向噪音传来的方向，回声时而嘈杂，时而微弱；在途中，他发现甲板上嵌着一组生锈轨道，这应该是电动推车进出货舱的轨道。他越游越快，空气开始拍打他的脸。铿锵声越来越大。他发现天花板上有一根管子，管子在前方拐了个弯，拐进下一个通道。一段一英寸规格的旧钢管。他伸手摸了摸；钢管有点松动。回响声总是三下或两下一组。这时他终于恍然大悟：敲击声是在传递莫尔斯电码。

“注–意……”

又敲击了一遍：“注–意……”

第三遍：“注–意……”

接下来是一个句子：“我–在–舱–壁–后–面。”他习惯性地逐字逐字译出电码。

“到–处–都–是–冰……”冰？他心中冷不丁一惊。这是什么情况……？冰？什么冰？

“核–反–应–堆–压–力–罐–破–裂”钢管继续震动着。他伸手握住钢管。到底是谁在发送信号？是从哪里发出的？他有点纳闷：这钢管到底是来自船头，还是从船尾接过来的？看着像是那种废弃的应急管道，每个甲板上都有分支。也许是有人在练习莫尔斯电码？这太疯狂了。也许是控制室里的飞行员？

“普–拉–特–请–回–应……”

停顿。

佩尔克斯呼吸一窒。普拉特这个名字，仿佛一记重拳打在他肚子上。他睁大眼睛盯着钢管，盯了足足一秒钟，突然，他向前一个趔趄。对了，那个二等飞行员就叫这个名字。他双腿在转角的墙上用力一蹬，被弹了回来，朝控制室飞去，他不断加速，钢管一直在头顶铛铛铛回响个不停。

“我–是–韦–恩–呼–叫–西–蒙……”

回响声停息了。佩尔克斯沿着通道继续追索，那根管子时隐时现，最后，突然一拐弯，转进另一条通道，他来不及减速，整个人撞上墙角，向后弹去，隐约瞥见尘雾中有个东西：一个粗糙的金属块，上面拧着一个生锈圆盖。是一个弯管。钢管到这里断了。所以声音来自船尾，而不是驾驶舱……嗯？但船尾根本没有人……

“普-拉-特-在-六-号-货-舱-只-剩—— 一-罐-氧-气……”钢管又开始震动。

他像蝙蝠一样悬挂在天花板下，手指抓紧钢管，感觉信号就振荡在他的脑袋里。短暂停顿之后，敲击声又开始了。

“他-的-氧-气-罐-压-力-不-足-三-十……”

又传来几个三联信号。

“莫-姆-森-请-回-应……”

停顿。

他环顾四周。死一般的寂静，只有一个吹风口发出微弱的呼呼声。新鲜空气吹动，灰尘颗粒打着旋儿飘向天花板，在顶灯照射下，仿佛一群密密麻麻的微小飞蛾。接着传来一阵急切的敲击声，急促而且断断续续：

“我-是-普-拉-特-普-拉-特-普-拉-特-莫-姆-森-没-有-回-应-氧-气-还-有-七-格-你-能-帮-我-传-话-吗……”

停顿。顶灯并无闪烁，灰尘颗粒继续缓缓盘旋着。佩尔克斯刚想松开钢管，转念一想又握紧了手，他等待着。震动又开始了。

“西-蒙-呼-叫-莫-姆-森-普-拉-特-在-六-号-舱-室-在-舱-壁-后-面-只-剩—— 一-瓶-氧-气-莫-姆-森-请-回-答-莫-姆-森……”

最后这一段，敲打得强劲又激烈，停了很久钢管还在震颤。

停顿。十几下难以辨别的敲击，接着是一连串清晰的敲击：

“信–号–微–弱–信–号–微–弱……”

停顿。

“普–拉–特–请–回–应–普–拉–特–请–回–应–呼–叫–结–束……”

停顿。

钢管几乎没有颤动。下一串三联信号很微弱，仿佛从很远的地方传来，中间间隔很短：三点，三划，三点。SOS。敲击力度逐渐减小。又是两划……一划……然后是一声拖长的吱嘎，像是有什么东西刮擦过钢管，本身并不响，在此刻的沉寂之中才显得有点刺耳。

他双手猛地一推，沿着钢管向船尾游去，钢管转向，他就转向，一会儿上浮，一会儿下沉，空气呼呼拂过他的脸庞。他潜入一个竖井，游下一个坡道，深入四壁不断缩窄的通道，路过一排货舱。1号，2号，3号……越来越暗，他几乎看不见前路。他不时伸出指尖，摸索钢管，以免跟丢，双手很快沾染上一层酥锈的灰尘，变得炭黑。他发现自己闯入了一个陌生区域，这里没有构建任何甲板和天花板，装甲船壳之间稀落分布着一些货舱。备用水箱的臃肿残骸在横梁之间黑压压地浮现，偶尔有一道灰尘斑驳的光束划破黑暗。有一次，他抬头一看，发现头顶有一个黑色竖井，里面亮着两排灯，灯泡上覆盖着一层红褐色灰尘，就是这种灰尘，仿佛从远处篝火中飘来的一道烟流，像流云一样追着他不放。空气闷热，难闻，弥漫着一股热处理金属的刺鼻气味。他正穿行在一片影影绰绰的桁架中，铛铛声又响了起来：

“普-拉-特-请-回-应……”

钢管突然分叉了。他左右手各握紧一根钢管，但却无法分辨振荡到底来自哪个方向。他赌左边。他钻进一扇舱门，进入一条漆黑的狭窄隧道，出口仿佛一个明亮小圆盘，在前方召唤着他。钻出隧道，进入一个灯火通明的小隔间。这里正是反应堆舱室的入口。

“我-是-韦-恩-普-拉-特-没-有-回-应……”他拉开门闩时，钢管又铛铛铛响了起来。一股热风迎面打在他脸上，他的脸立刻泛红了。他爬上T台。压缩机嗡嗡作响，一阵暖风吹乱了他的头发。他从T台上俯视下方，反应堆混凝土罩壳，各种夜光仪表，以及闪烁的红色警示灯，尽收眼底。

“西-蒙-呼-叫-韦-恩-我-听-到-莫-姆-森-在-我-下-方……”就在不远处，钢管正铛铛铛响个不停。钢管从墙上绕下来，接入反应堆防护罩上的主管道入口，两腿叉开站在防护罩前的，正是那个机器人；仿佛是在打一场假想的拳击比赛，他捞起一团水泥，拍在墙上，抹匀，拍紧，抚平，再移动几步，去处理下一条裂纹。佩尔克斯专心聆听着他动作的节奏，他活塞般的手臂敲打出的铛铛声：

“莫-姆-森-联-络-中-断-普-拉-特-失-去-氧-气-供-应……”

终端停止敲击，举起双臂，摆好预备姿势，身影投射在罩壳上，像极了一个人影。他把方形脑袋转向左边，又转向右边，搜寻着下一条裂缝。他弯下腰，用铲子一样的手掌舀起密封水泥，一对铁胳膊的振动节奏，再次带动着钢管震颤起来：

“没-有-回-应-没-有-回-应……”

佩尔克斯侧身跃过栏杆，飘了下来。“终端！”双脚还没落地，他就大喊了一声。

“终端听从您的吩咐。”机器人立刻回答。他左眼盯着佩尔克斯，右眼四下转个不停，两只手掌继续敲打出稳定的节拍：

“普-拉-特-请-回-应-请-回-应-呼-叫-结-束……”

“终端！你在干什么？”佩尔克斯大吼道。

“反应堆泄漏。每小时0.4伦琴。修补漏洞。”机器人低沉地答道，双手仍在不停敲着：

“我-是-韦-恩-莫-姆-森-请-回-应-请-回-应……”

“终端！”佩尔克斯第三次大喊，他抬头看看那张左右视线分岔的金属脸，又低头看看那双震颤到模糊的金属爪。

“终端听从您的吩咐。”机器人用一如既往的单调语调回答。

“你在用莫尔斯电码发什么信号？”

“修补漏洞。”那低沉的声音说。

“西-蒙-韦-恩-波-特-普-拉-特-温-度-降-低-零-度-莫-姆-森-没-有-回-应……”在金属爪连绵不绝的拍击之下，钢管铛铛铛响个不停。当黏稠的水泥浆从出料口流出，金属爪会立即抄起满满一捧，抹在圆柱形罩壳的表面。两支平举的金属胳膊停滞了一会儿，等待水泥浆再次泵出，然后机器人弯下腰，又铲起一捧水泥，这次涂抹时，双臂振动像闪电一样迅捷：

“莫-姆-森-莫-姆-森-莫-姆-森-请-回-应-莫-姆-森-莫-姆-森-莫-姆-森……”节奏简直快到疯狂。钢管在无情拍击中颤抖着，呜咽着——有时尖锐得简直像人在号哭。

“终端！停下！”他猛地一伸手，却没能抓牢机器人的油腻手腕。终端突然僵住了，一时之间，除了混凝土罩壳后空气循环泵的呜咽声，万籁俱寂。佩尔克斯差点一头撞上这个高大的金属躯干，只见上面还倒流着几缕从高跷双腿上渗出的机油。佩尔克斯倒退几步。

“终端……”他压低声音说，“你在……？”

一阵令人齿寒的金属摩擦声，打断了他的话头；机器人正摩擦着爪子，剥去干结的水泥斑。水泥斑屑没有落向地板，而是螺旋上升，像缕缕烟雾般四下飘散。

“你到底在干什么？””佩尔克斯质问。

“修复泄漏。每小时0.4伦琴。我可以继续作业吗？”

“你刚才在用莫尔斯电码发送什么信号？”

“莫尔斯电码。”机器人模仿他的语气重复了一遍，补充道，“听不懂。我可以继续作业吗？”

“可以。”佩尔克斯盯着那双缓缓伸直的强劲手臂，嘟囔道，“是的，可以……”

佩尔克斯等待着。终端似乎已把他抛到了脑后，只见他左手舀了些水泥，甩在罩壳上，利落地完成三个动作：抹匀，拍紧，抚平。然后他伸出右手，钢管立刻发出一阵咔嗒咔嗒的震动：

“普–拉–特–困–在–六–号……莫–姆–森……莫–姆–森–请–回–应……”

“普拉特在哪里？”佩尔克斯尖声喊道。

终端立刻答了一声：“不知道。”他胳膊的振动越来越快，在灯光下振荡出微微重影，信号几乎快到令佩尔克斯难以破译。

“普–拉–特–没–有–回–应……”

接着，发生了一件令人惊奇的事情。终端右手发送信号的同时，左手手指也搭上钢管，开始发出第二组信号，但强度要弱得多。两组信号重叠在一起，有那么一会儿，钢管里回荡着双重敲击的回响，信号含混不清，依稀能分辨出一个逐渐模糊的信号序列：——“双-守-东-住-不-可-能……”

“终端。”佩尔克斯无声嘟哝一句，慢慢向金属楼梯退去。机器人专心敲打着钢管，根本没在意他的举动；他的金属躯干油光闪闪，正随着敲打的节奏快速颤摆。佩尔克斯不再需要聆听敲击声了，从机器人手臂的摆动，从金属胸甲上光线的闪烁，就能读出信息：

“莫-姆-森-请-回-应……”

他仰面躺着，完全醒着。黑暗中充斥着一连串不断演变的闪烁画面。普拉特肯定是跑去了船尾，然后氧气耗尽。韦恩和西蒙知道他在哪里，但无法接近他。为什么莫姆森没有回应他们的信号？也许莫姆森已经死了。不可能，西蒙说自己听到了莫姆森的声音。这样的话，莫姆森一定就在附近——甚至就在隔壁。隔壁？那就意味着莫姆森的舱室里有空气。否则在真空环境，西蒙什么也不会听到。可西蒙到底听到了什么呢？脚步声？为什么所有人都抢着呼叫他？为什么他没有回应？

生死挣扎的呼救声，被简化为一连串点和划……最终被终端接收。但终端是怎么办到的？等一下。他不是被困在飞船残骸里吗？嗯。没错，他一定就蜷缩在那个水泥避难所里，正好位于钢管的源头。在那里，他可以接收到所有莫尔斯电码……话说回来，船员们到底坚持了多久？如果氧气和食物供应充足，船员们可以坚持几个月。好吧，终端被困在飞船残骸里……等一下。既然是零重力，终端为什么动弹不得？可能是因为温度太低。机器人不能在极低温度下工作，关节里的机油会凝固，液压油会冻住，胀裂输油管。唯一能活动的就剩下电子大脑了。终端的电子大脑肯定接收并记录了这些莫尔斯电码，并保存在电子记忆线圈中。他不知道，也意识不到这些信号被调制进了自己的工作节奏之中。还是说他在撒谎？不，机器人不会说谎。

疲倦就像一股黑色水流，淹没了他所有的感官。也许偷听是不对的。总感觉这样做有点卑下，身为一个旁观者，冷眼看着别人痛苦死去，目睹所有可怕细节，然后分析每一个信号，每一次请求氧气的哀告，每一声尖叫……这是不道德的——要是你无法伸出援手……

他的身体正快速虚弱下来，此刻已无法清晰追踪自己的思绪，尽管嘴里一直在无声嘟哝，仿佛是在抗议："不……不……不……"

终于，他坠入了空无的沉睡之中。

他惊醒了，四周一片漆黑。他试图坐起来，却被安全约束毯勒回原地，他摸索着解开安全带，打开灯。

引擎正在运转。他把一件外套披在肩上，做了几下深蹲，以估算加速度。他此刻的体重一定超过100千克。他估计加速度约为1.5 g。飞船正在转向，他能感觉到震动。墙挂橱柜发出不祥的嘎嘎声，其中一扇门砰的一声打开了。所有没有固定的东西——鞋子、衣服——都齐刷刷向船尾方向滑去，仿佛受到了某种魔力吸引。

他走到对讲机盒前，打开一扇小门，对着一个形似老式电话听筒的小装置说起话来。

“控制室！”他大吼一声，音量没控制住，倒把自己吓了一跳。他感觉头有点痛。“一等领航员正在呼叫。上面到底在搞什么鬼？”

“修正航向，先生。”飞行员淡定回答，“航线稍微偏离了一点，仅此而已。”

“偏离了多少？”

“6……也许7角秒。”

“反应堆温度呢？”他慢条斯理问道。

“防护罩温度620摄氏度。”

“各个货舱的温度怎么样？”

“船左货舱52摄氏度，船头货舱47摄氏度，船尾货舱29摄氏度。”

“再报一次偏航修正参数，门罗。”

“7角秒”。

“嗯哼，嗯哼。”他砰的一声挂了电话。飞行员在睁眼说瞎话。根本不需要那么大的加速度来修正7角秒偏差。他猜测偏差在几弧度左右。

货舱温度太高了。他们在船尾货舱里放了什么？食物？他在书桌前坐下。

蓝星号地火飞船呼叫地球公司。船长呼叫船务代理。反应堆过热，引起货舱温度过高，停顿，货物可能受损，停顿，未找到载货清单，停顿，请求指示，停顿，领航员佩尔克斯，呼叫结束。

当引擎关闭时，他还在写个不停，重力瞬间消失得无影无踪，结果，笔下一个用力，他立刻从座位上弹了起来。他在天花板上用力一蹬，飞快弹了回来，坐回椅子上，又把那封电报读了一遍。

转念一想，他撕碎了电报，把碎纸掸进抽屉里。他决定不换衣服了，失重状态下，换衣服相当棘手，得费力腾挪，还得使劲拉扯。于是，他只在睡衣外面披了一件外套，就离开了卧舱。

微微蓝光下，暗色壁板也显得柔和了不少。附近的新鲜空气通风口——几道黑色凹缝——正在吸走盘旋在角落里的灰尘颗粒。整艘飞船都被笼罩在一片连绵不绝的深沉寂静之中。他几乎一动不动地悬在自己的影子上方，影子正偷偷地往墙上爬，他闭上眼睛，沉浸入寂静之中。人们有时会以这种姿势睡着，这很危险，哪怕是最轻微的一点推力——例如为下一步机动做准备时——人就会狠狠撞上甲板或天花板。

很快他就听不到任何声音了——听不到风扇呼呼声，甚至连自己的心跳都听不到了。这种飞船上的寂静夜晚，是他从未经历过的。地球上的寂静从来都不彻底；人们时刻能感知其局限性和短暂性。即使身处月球沙丘中，只与自己为伴的那份寂静，也不纯粹：困在太空服里，肩带发出的每一次吱吱，骨关节发出的每一次噼啪，脉搏的每一次跳动，甚至一呼一吸，任何一丝声响，都会被放大。只有在夜晚的飞船上，才能真正沉浸入黑暗冰冷的寂静中。

他把手表举到眼前：凌晨3点。

再这样下去，我可要崩溃了，他暗想。他在一堵凸出的隔墙上撑了一下，张开着双臂，像一只滑翔的飞鸟，轻轻落在卧舱门口。就在这时，他听到了那个声音——一种隐约可闻，似乎从铁块内部传导出的共鸣：

砰——砰——砰。

三次。

他骂了一句粗话，砰的一声关上舱门，愤愤地甩手把外套一扔，外套立刻飘起，膨胀成了一个奇形怪状的幽灵。他关上灯，钻进被窝，把头埋进枕头里。

“白痴！该死的锈钢板白痴！”他闭着眼睛不停嘟囔着，一股没来由的愤怒憋得他浑身打战。但他实在是累坏了，一个恍惚间，就已沉入梦乡。

睁开眼时，已是7点。半睡半醒间，他的胳膊举得高高的，停滞在半空。零重力，他暗想。他穿好衣服，出了舱门。在去控制室的路上，他本能地竖着耳朵。一片寂静。他在舱门前停了下来。低光泽雷达屏幕发出的绿光，撒满昏暗舱室内部，仿佛一深潭绿水。飞行员斜靠在宇航躺椅上，正抽着一支烟。好几个扁平烟圈悬浮在屏幕前，折射出海绿色的光。从不知何处传来地球音乐低沉的依稀旋律，夹杂着宇宙静电。佩尔克斯坐进飞行员身后的那张宇航躺椅里；他甚至懒得去查看重力仪的读数。

“离下一次点火还有多久？”他问。

飞行员识破了他的本意。“8点整。不过我现在就可以点火，船长，要是你想洗澡的话。”

“不……最好还是按既定时间表来。”佩尔克斯嘟哝道。

寂静就此被扩音器里持续不断的嗡嗡声所破坏，无休止地重复着同一段毫无意义的旋律。佩尔克斯感到自己困了。有几次他设法摆脱了这种疲倦感，努力清醒过来，却又慢慢陷入昏昏欲睡的麻木状态。有时他会在黑暗中看到一对猫眼睛——又大又绿的猫眼睛——一眨眼，猫眼睛就变成了发光的仪表表盘。他就这样打着盹，徘徊在睡眠和现实之间，直到被扬声器里的噼啪声吵醒。

“火卫二基地正在广播。现在是7点30分，准点播报。继续报道内部区域的每日陨石动向。据报告，受火星引力场影响，天龙小行星群发生正面扰动，最近一次被观察到时，正在离开范·艾伦带。在未来24小时内，预计小行星风暴将袭击83、84和87分域。火星小行星观察站估计，小行星云的范围跨度约为40万千米。特此宣布，83、84和87分域禁止通行，直至另行通知。接下来播报火卫一的弹道探测器传回的小行星云成份分析。根据最新报告，这片小行星云由X、XY和Z型微陨石组成……”

“唷！真高兴我们没有受影响。”飞行员感叹道，“刚吃过早饭，我可不想加大推力。”

“现在的速度是？”

“每秒50多千米。”

“真的吗？不错。”佩尔克斯嘟囔道。在前往食堂之前，他记录下航线读数，查看了铀显像读数，并检查了辐射数据——辐射泄露保持稳定。食堂里已经坐了另外两名高等宇航员。佩尔克斯耐心等待他俩对夜间喧闹声提出抗议，但令他吃惊的是，他俩一直在谈论下一次的彩票开奖。西姆斯显然更为兴奋，他报出一连串中过头奖的朋友和熟人的名字。

早餐后，佩尔克斯进了导航室，绘制已完成航程的路线图。突然，他把圆规扎在绘图板上，打开书桌抽屉，拿出航行日志，浏览了一下科里奥兰纳斯号上最后一次航程的人员名单：

高等航天员：普拉特和韦恩。飞行员：诺兰和波特。机工：西蒙……

他长时间揣摩着指挥官那遒劲笔迹。最后，他把日志扔回抽屉里，继续画完航线图，带着复写纸来到控制室。他花了半小时，计算出蓝星号抵达火星的确切时间。回来的路上，他从门上的小窗户往食堂里瞥了一眼。高等航天员们正在下棋；医务工懒散地坐在电视机前，肚子上搁着一个加热垫。

佩尔克斯把自己关在卧舱里，翻看着飞行员递交上来的无线电报，不知不觉就打起了盹。有一两回，他觉得自己听到了引擎运转的声音，试图唤醒自己，却没能醒来，梦见自己走进空荡荡的驾驶舱，沿着一条条漆黑过道走向船尾，搜寻一名船员……醒来后，他浑身是汗地坐在办公桌前，为漫长午睡将导致的不眠之夜而大生闷气。

临近傍晚时，飞行员重新点燃引擎，佩尔克斯利用重力，泡了个热水澡。他感觉活力已大大恢复，于是来到食堂，喝了杯咖啡，然后回到卧舱呼叫楼上，询问温度读数。反应堆温度在1 000摄氏度左右，不知怎的，温度一直没有越过警戒线。大约21点，他被叫到控制室：一艘从附近经过的飞船请求医疗援助，船上有人急性阑尾炎发作。佩尔克斯正在犹疑要不要派出本船医务工时，附近一艘载客飞船通过无线电回应，它愿意停下来提供帮助。

就这样，相当平淡无奇的新一天，开始了。23点整，除控制室和反应堆室外，甲板上所有白灯都被关掉，蓝色夜灯亮了起来。食堂里只有一盏灯还亮着——位于棋盘上方，电子工程师西姆斯正与自己对弈，一直玩到半夜。

佩尔克斯下到下层甲板去检查货舱温度。在往下走时，他遇到了博曼——他刚刚检查完反应堆，正在返回。博曼的心情不错；泄漏很稳定，冷却系统也没问题。

博曼道了声晚安，就回自己的卧舱去了，留下佩尔克斯一个人在黑暗空旷的通道里。一股气流正吹向船首方向，轻轻吹皱了张挂在通风口的蜘蛛网。

主货舱之间的通道高耸而深邃，仿佛教堂中殿。佩尔克斯来回徘徊了好一会儿，这时，正巧过午夜零点，引擎按时关闭了。

霎时间，从四面八方传来各种声音，有低沉的轰隆，也有尖锐的吱嘎。由于加速度下降，没有固定妥当的物体开始漂移，与墙壁、天花板、甲板发生碰撞，各种各样的回声，给这艘飞船增添了一种奇怪的活力。回声在空中回荡了一会儿，归于一片寂静，风扇单调的嗡嗡声，把这种寂静衬托得更加虚无。

佩尔克斯突然想起导航室的一个抽屉需要修理，于是出发去找木凿。在左舷货舱和一条电缆管道之间，有一条又长又窄的通道，通往工具室。工具室里满是飘浮不定的灰尘，当佩尔克斯找到木凿，摸向门口时，几乎快要窒息了。

快抵达船腹区域时，通道里传来脚步声。脚步声？在零重力环境下？他知道，只有一种可能。磁力吸盘叩击甲板的咔嗒声，证实了他的猜测。佩尔克斯耐心等待着，来了，来者背对着远处灯光，在通道里投下一道长长黑影。终端摇晃着前进，划动双臂保持平衡。

佩尔克斯从阴影中走了出来。

“嘿，终端！”

“终端听从您的吩咐。”

那笨重身形骤然停下，上半身在惯性作用下向前倾斜，又缓缓挺直了回去。

“你在这里干什么？”

“老鼠们不安。”铠甲后面传出一个沙哑的声音，像一个胆小的侏儒在嗫嚅。“老鼠们睡不着。不安。它们渴了。渴了，就要喝水。温度升高，老鼠要喝很多水……”

“那你打算怎么办？”

机器人拄着高跷一样的长腿，身体前后微微摇摆着。

“温度升高。就会乱动。温度升高时总是乱动。给老鼠们喂水。喝水睡觉，就好了。温度升高时经常出错。我值班。必须报告。给老鼠们喂水……”

“你给老鼠喂水？”

“是的。终端给老鼠喂水。”

“你从哪里弄来的水？”

机器人又重复了两遍“高温”，然后，仿佛受到了什么内心激励似的，他举起双手，做了一个令人讶异的手势，这个手势很突兀，却又可怜相十足。他把双手举到双眼的镜头前，脑袋微侧，视线聚焦在两只空空如也的金属手掌上。

“没有水……终端。”

“那么，水在哪里？”佩尔克斯逼问，眯起眼睛盯着高大的机器人。

含混不清嘟哝几句之后，终端出乎意料地用低沉音调说：“我……忘了。”

话音如此无助，佩尔克斯几乎为之动容。他仔细端详了一会儿不停摇摆的终端，说道：“忘了？回反应堆去，听到了没有？”

“终端听从您的吩咐。”

终端嘎吱嘎吱转过身来，像来时一样僵硬地伸手抬脚，落寞地越走越远，消失进通道深处。他在一个坡道上绊了一下，双臂像桨一样划了好几下，才恢复平衡，他转过一个弯，钻进另一条通道里。他的脚步声回荡了好一会儿才弱不可闻。

佩尔克斯本想回卧舱，突然心血来潮，改了主意。他紧贴着甲板，无声无息地向前滑行，一直来到第六通风井。虽然通风井是严格禁止进入的，甚至在引擎关闭时也不能进入，他还是在护栏上一撑，在几秒钟内，快速穿过了将船中部和尾部隔开的七层分隔舱板。然而这一次，他没有进入反应堆舱室，而是向上一蹬，游到与头部齐平的一块滑板前，滑开金属板，露出一个长方形钢框窗户，上面镶着一块铅玻璃。玻璃窗正好位于老鼠笼子的后面。一个非常方便的观察口。在玻璃另一边，散落着垃圾的老鼠笼子都空荡荡的；透过一层铁丝网，只见舱室中心，机器人几乎水平悬浮在空中，躯干上覆盖着一层水滴，在顶灯照射下反射着点点荧光，他正缓缓地微微摆动着双臂。那钢铁身躯上爬满了小白鼠；它们跑过臂膀和胸甲，聚集在机器人分节腹部的凹陷处——水汽在此冷凝成大颗水滴——老鼠们喝着水，翻着跟头，在空中胡乱翻腾。终端双手来回捞动着，但每次老鼠们都从他的金属钳子里滑脱，它们蠕动着，尾巴扭曲弹动个不停……这一幕简直太离奇、太滑稽了，佩尔克斯差点忍不住笑出声。有一回，当终端转身抓老鼠时，他的金属脸差点对上佩尔克斯的目光。终于，最后一只老鼠也被抓住，终端关上笼子，从视野中消失了，只留下它的巨大影子，从主管道连接处向下投射，在反应堆的混凝土罩墙上投射成了一个清晰的十字架。

佩尔克斯轻轻关上门，回到自己的卧舱，脱掉衣服，钻进被窝。由于无法入睡，他打开了一本《欧文回忆录》——欧文是一个著名宇航员——一直读到眼睛开始发热。他脑袋有点沉，但大脑仍然清醒，他绝望地想着离天亮还有几个小时，索性爬下床，披上外套，出了卧舱。

在主通道和舷外通道交会之处，他又听到了那沉重的脚步声。他把脑袋凑近通风口，噪声来自通风井下方，回荡在竖直的铁井里。他双脚朝前，双手不时在墙壁上撑一下，朝最近的竖井前进，不一会儿就下降到了船尾。脚步声越来越响，然后开始变弱。他努力捕捉着。脚步声又响了起来，比之前更响了。机器人正在往回走。佩尔克斯一动不动地盘踞在高高的天花板下，等待着。甲板上回荡着金属鞋底板敲击钢板的叮当声。然后又陷入一阵寂静。就在他快要失去耐心时，那均匀的脚步声又响了起来，一个巨大影子淹没了整个通道，影子的尽头，正是稳步前行的终端。他向他走来，从他身下经过，离他如此之近，佩尔克斯能清楚听到他水力心脏的搏动声。走了十几步，他停了下来，发出一声尖锐嘶嘶声，左右摇摆了几下，仿佛是在对着舱壁鞠躬，然后又直起身继续往前走。当他走到一条岔道时，他停了脚步，拐过墙角往里偷看了一眼，又发出一声嘶嘶声。佩尔克斯的指尖掠过高高的天花板，悄悄跟随着那个庞大身影。

“嘶……嘶……”离机器人越近，嘶嘶声就越清晰。走到一个通风井前，终端又一次停了下来，这次他试图把脑袋挤进格栅，但没有成功，他发出一声嘶嘶声，站起身，摇摇晃晃地继续向前走。这时，佩尔克斯已听够了，也看够了。

“终端！”机器人正在俯身，佩尔克斯一声喊，机器人顿时僵在原地。

“终端听从您的吩咐。”

“你现在在干什么？”佩尔克斯问道，紧盯着他那张畸形的金属面具，脸上毫无表情，绝对不是一张真正的脸。

“猫……我在找猫。”终端答道。

“你在干什么？！”

终端直起身体，两臂没精打采地、几乎是漫不经心地垂在身体两侧。那是一个缓慢的上升动作，关节处发出微弱的咯吱声，如此凝重，似乎充满了力量和威胁……

“我找猫。”

“那只猫？找它干什么？”

在那一瞬间，终端变成了一座无声的金属雕像。

停顿了好几秒，他终于压低声音说：“我不知道。”佩尔克斯一时不知说什么好。这条通道里死一般的寂静，灯光阴森，密封舱门四周都围着一圈生锈栏杆，倒像是一条废弃的矿井隧道。

他说：“不能再胡闹了。回反应堆去！别再让我在这里看到你。”

“终端听从您的吩咐。”

终端转身走回来时的路。佩尔克斯悬在甲板和天花板之间，徘徊了一会儿，这时，一股气流涌来，一厘米一厘米地把他推向一个敞开的通风口。他双脚在墙上一蹬，游向电梯，穿过一道道竖井，朝船头游去，机器人的整齐脚步声仍然在回荡着，就像一个巨大钟摆的规律摆动。

在接下来几天里，佩尔克斯被数学问题所困扰。每次重新点火，反应堆的温度都会升高一点，而释放的推力则会降低一点。博曼推测，中子反射器正在磨损——放射性泄漏量缓慢但持续增加，证实了这一预感。博曼试图利用一个复杂方程，来测定推进和冷却周期的比例。在熄火期间，他将冷却液从左舷货舱转移到船尾货舱，船尾温度已高得像热带丛林。为了在多个极端值之间达成平衡，博曼得有足够耐心，他长时间坐在电脑前，反复试验，以寻找正确比例。得益于博曼的计算，飞船能够以最小延迟飞完剩下的4 300万千米。终于，在航程第五天，尽管博曼做出了悲观预测，飞船还是设法达到了预期的速度水平。佩尔克斯下令关闭反应堆，以便在着陆前冷却，然后谨慎地松了一口气。指挥蓝星号这样的老飞船，是一项全职工作；留给观星的时间极少。但是，有了美妙的航线图，还去看什么星星？就算是火星这个铜红色圆盘，又有什么看头呢？

航程的最后一天，傍晚时分，甲板上一片漆黑，只有蓝色夜灯一闪一闪地刺破黑暗。这时，他突然想起自己忘记检查货舱了。

他离开食堂，留下西姆斯和博曼继续鏖战每晚的国际象棋比赛，然后坐电梯下楼。自从上一次遇见，他既没有看到过终端的踪影，也没有听到过终端的响动。只有那只猫，让他想起终端的存在。但猫已消失得无影无踪，似乎从没上过船似的。

在船腹，一条几乎没有灯光的通道，随着空气的流动涨落，不时传出一声犹如叹息的悠长啸叫。佩尔克斯打开第一个货舱的舱门，落满灰尘的照明灯发出一种晦暗的光线，洒满整个货舱。他从头到尾走遍了整个货舱。一条狭窄通道把板条箱隔开，有些板条箱堆得高到天花板。他检查了将金字塔形货堆固定在甲板上的钢带的张力。敞开的舱门产生的气流，开始吸走黑暗角落里的碎片、木屑和麻絮，像海浪中的浮萍轻轻上下摆动着。

他刚走回舱门口，忽然听到一连串缓慢而有节奏的敲击声：

“注-意……”

三下叩击。

佩尔克斯飘浮在一股气流中，气流正不知不觉带着他升得更高。不管愿不愿意，他都得听下去。他现在听到的，是一对正在相互交流的双向信号。敲击声微弱，克制，似乎是在保存体力。敲击节奏有变化，一会儿慢，一会儿快，其中一方不断犯错，似乎已经对莫尔斯电码生疏了。有时，会有长时间停顿；有时，信号又会重叠。这条光线稀少的黑暗通道，似乎没有尽头，仿佛这股排气微风的驱动源，是宇宙虚空。

“西-蒙-你-能-听-到-他-吗……”

“不-能”——停顿——“不-能……”

佩尔克斯在墙上用力一蹬，缩起双腿，朝船尾飞速冲去，每一条通道都比前一条更暗一点，灯泡上堆积的红色粉末逐渐增多，说明他正在接近船尾。反应堆舱门敞开着。他往里瞥了一眼。

此刻反应堆舱室的温度居然这么低。空气压缩机在夜间已被关闭，舱内很安静。封闭在混凝土墙内的冷却管道，不时发出一种汩汩作响的怪声，是气泡在阻碍冷却液的流动。

全身溅满水泥的终端，正在勤奋工作。终端的脑袋像钟摆一样有规律地来回摆动着。在他头顶，一个风扇正在疯狂转动。佩尔克斯一只手抓住栏杆，身体一甩，凌空滑下了楼梯。机器人的铁手几乎不发出震荡声，冲击力都被新涂上的一层水泥浆缓冲掉了。

“不–能……呼–叫–结–束……”

不管是出于偶然，还是由于同时发送两组莫尔斯电码，共振确实减弱了。佩尔克斯离机器人只有一臂之远，近到可以看到机器人腹部相互叠压的钢板，每次它弯下腰，总让他联想到昆虫的腹节。灯光在机器人的玻璃眼珠里微缩成两个光点，来回晃动个不停。这非人的目光，使佩尔克斯意识到，在这个几面水泥墙壁围起的空荡房间里，只有他一个活人。终端是一台机器，一台没有知觉的机器，它只能传送一组预先录制好的声音——仅此而已。

“西–蒙–请–回–应……”他勉强破译出信号，现在的信号是那么微弱，那么飘忽不定。机器人头部上方有一段半米长的钢管，佩尔克斯伸手抓住钢管，就在他调整抓力时，指关节不小心碰到了钢管。终端立刻僵在当场，敲击声也戛然而止。还没来得及反思自己的行为有多愚蠢，他就被一种突然的冲动攫住，这是一种疯狂的冲动，想打断一场来自遥远过去的对话。

佩尔克斯快速敲击出如下信息：

“为-什-么-莫-姆-森-不-回-应……”

几乎就在他的指关节碰到钢管的那一刹那，终端也开始用自己的敲击回应他。两组信号平行回响了一段时间，突然，机器人似乎意识到了佩尔克斯的问题，它的手停了下来，等在原地，直到佩尔克斯敲完，几秒钟后，终端开始往裂缝里填充水泥：

“因-为-他-的-右……”

停顿；终端弯下腰又舀了一捧水泥浆。这话是什么意思？终端是要开始透露真相了吗？佩尔克斯屏息等待着。机器人再次直起身子，把水泥向护盾砸去，但砸得如此猛烈，速度如此之快，以至于撞击的回声似乎变成了一串单一的嗡嗡声：

“是-你-吗-西-蒙……”

“我-是-西-蒙……是-谁-在-呼-叫……”

佩尔克斯低下头，这只是一次常规的密集敲击。

“是-谁-在-呼-叫-报-出-你-的-身份-是-谁-在-呼-叫-是-谁-在-呼-叫-是-谁-在-呼-叫-是-谁-在-呼-叫-我-是-西-蒙-我-是-韦-恩-请-回-应……”

“终端！”他突然喊道，“住手！别敲了！”

敲击停止了。终端站直了身体。他的胳膊、肩膀、爪子……整个身体仍颤抖个不停。仿佛是一阵金属呃逆症发作，但在机器人身体的间歇性抽搐中，佩尔克斯再次解读出了熟悉的莫尔斯电码：

“是-谁-在-呼-叫……谁……谁……”

“住手！！”佩尔克斯再次大声尖叫。此时，他看到了终端的侧面：颤动的肩胛，钢板上反射的光一闪一闪，和莫尔斯电码也是同步的：

“谁……”

抽搐终于结束，机器人突然瘫软了下来。他悬空在甲板上方，右手在那根横架钢管上响亮地刮了一下，然后就像一只被陷阱困住的动物般，在死一样的寂静中，悬在那里一动不动。但即使隔得远，佩尔克斯也能看到，机器人下垂的左手仍在微微抽搐着，传递出莫尔斯电码：

“谁……”

不知怎的，他又回到了走廊里。风扇发出无比轻柔的呜呜声。他游进了从上层甲板吹来的凉爽干燥的微风中。每当游经一盏壁灯，脸上就会闪过一道道光亮。

卧舱门隙开着，台灯还亮着。扁楔形的光柱，投射到四壁底部，打破了黑暗。

到底是谁在呼叫？是西蒙，还是韦恩？不，不可能！他们已经死了19年了！

好吧，还能是谁？只可能是终端。但他只是个机器人，擅长修补反应堆罩壳上的裂缝。分析他的大脑？难道还要再听上一堆伦琴、中子泄漏和水泥补丁之类的胡言乱语！他什么都不知道，更不知道自己的劳作不知怎么地到了夜间就变成了幽灵传声筒！

有一点是明确的：他的录音机还在运作。不管那些人是谁——那些声音，那些信号——你可以和他们对话，和他们交谈。你只需要鼓起勇气，即可……

他在天花板上推了一把，悠闲地飘向另一堵墙。该死的！

他想行走，想再感受一下脚下的地面，想感受一下自己的重量，想用拳头猛敲桌子！哦，失重感太过舒适，好吧，这种持续失重状态，不断把一切都褪变成脆弱的阴影，包括他自己的身体，简直就像一场噩梦一样舒适！他接触到的一切，都溜走了，飘散了——不稳定、无实体、欺诈、虚假、梦境……

一场梦境吗？

打住。如果我梦见一个人，问他一个问题，我不知道那个人会回答什么，直到他说出口。然而，那个人是我大脑的产物，是我大脑的暂时性延展。这种事几乎每天都在发生，当我们做梦时，自我会不时分裂，产生伪人格。这些梦境人格可以虚构，也可以从现实生活中提取。我们有时不也梦见死人，并和他们进行对话吗？

他们已经死了。

这是否意味着终端是……？

沉浸在这样的想法中，他绕着卧舱转了一圈，在坚硬墙壁上弹回来，悬浮在舱门口。他抓着舱门边缘，凝视着这条又长又黑的通道，只见灯光渐渐消失在远处的黑暗中……

他应该回去吗？

回去问一问？

他想，这一定涉及某种比标准记录仪更复杂的物理机制。管他呢，机器人又不是录音设备。所以它必须配备一件别的东西，某种独特的记录器，一种被赋予一定自主权、一定可变性的记录器……一种能够被探测、能够揭示那些人命运的记录器——西蒙、诺兰、波特——以及莫姆森指挥官那无法解释的可怕沉默……

还有其他解释吗？

一个也没有。

他知道没有，但他继续思忖着，没有动弹，没有离开舱门口，好像在等待，希望能有其他解释……

终端到底是什么？一个电子接线盒。该死，任何活着的东西，任何有生命的生物，早就死在了飞船残骸中。那现在怎么办？盯着他的玻璃眼睛，质问他？就算问了，又能得到什么答案？他们——那些死去的人——会给出一个清晰而连贯的叙述吗？或者，他只会听到很多尖声叫嚷，急需氧气，急需救援……他又该怎么回应呢？他们并不存在？他们只是“伪人格”，是他电子大脑中孤立的虚构产物——一场幻觉，一场电子呃逆症？那些人的恐惧，只是一种虚假的恐惧，他们每晚重复的垂死挣扎，只是一份过时的历史记录？他回忆起自己的询问引来的回应——那突然爆发的信号，那充满震惊、困惑、希望的呼喊，以及那疯狂、急切、坚持不懈的恳求：“请回应！是谁在呼叫？请回应!!”

他仍能听到那串信号在自己耳朵里回响，仍能感觉到钢管在自己指尖颤抖：那砰砰作响的恳求声中，那股可怕的绝望和愤怒。

不存在？但那些究竟是谁的声音呢？那些呼救的人是谁？嗯，那些专家们肯定能给出合理解释。他们会归咎于某种放电现象，归咎于金属振动产生的共振效应。他在书桌前坐下，拉开一个抽屉，气急败坏地拍住将要飘走的文件，找出那张打印好的表格，小心翼翼地摊在桌上，压平，免得被自己的呼吸吹跑。他开始一个一个地填空。

型号：AST–Pm–15/0044。

类型：通用维护。

名字：终端。

故障性质：功能紊乱。

建议：……

他犹豫了一下，拿着笔靠近纸，又把手挪开了。他开始思考机器的天真无邪，思考人类如何赋予它们智慧，从而使它们成为自己疯狂冒险的帮凶。关于石巨人的神话——胆敢反抗创造者的机器人——其实是一个谎言，是犯罪者为了自我免罪而编造的虚构故事。

建议：作报废处理。

他一脸严肃地签了名：

佩尔克斯，一等领航员。